COLECCIÓN

CUATRO AMIGOS Y MEDIO

El caso de un cocodrilo en Internet

edebé

Joachim Friedrich

El caso de un cocodrilo en Internet

edebé

Título original: *4 1/2 Freunde und das Krokodil im Internet*

Paseo de San Juan Bosco, 62
08017 Barcelona
www.edebe.com

Directora de la colección: Reina Duarte
Ilustraciones: Mikel Valverde
Traducción: Soraya Hernán-Gómez

3.ª edición

ISBN 84-236-6725-1
Depósito Legal: B. 41391-2004
Impreso en España
Printed in Spain
EGS - Rosario, 2 - Barcelona

Índice

1
www.charly_y_co.com

¿Ha sido usted testigo o incluso
víctima de un delito?

¿El recuerdo del horror no le deja
dormir por las noches?

¿Su mayor deseo es que esos
delincuentes reciban por fin
su justo castigo?

Y aun siendo así, ¿tiene usted miedo
de dirigirse a la policía?

¿Teme usted que la policía no vaya a
hacer nada o tiene incluso miedo a las
represalias de los delincuentes?

En ese caso, ¡diríjase usted a su socio de confianza!

Su agencia de detectives Charly & Company: competentes, discretos y de confianza.

Ya sea un secuestro o un robo, con nosotros, su caso estará en las mejores manos.

¡Nuestros fabulosos colaboradores están siempre a su entera disposición!

¡Se trate de lo que se trate, nosotros resolvemos cualquier caso!

www.charly_y_co.com

—Pero por lo demás te encuentras bien, ¿no, Charly? —le pregunté a nuestro jefe después de leer la nota que me había entregado con aires de suficiencia.

—¡Claro que me encuentro bien, Estefi! —exclamó—. Internet abre a nuestra agencia de detectives posibilidades completamente nuevas.

Fede me quitó la nota de las manos.

—¡Eh, tío, eh! ¿Y qué es esto?

Charly, atónito, se quedó mirándole.

—¿Y lo preguntas tú? ¡Es nuestra página web!

Me lo tenía que haber imaginado esta mañana, cuando nuestro tutor, «Gran Siggi», poco antes de acabar la clase de Lengua, nos habló de Internet. Charly no iba a dejar pasar esa oportunidad.

—Lo habíamos intentado varias veces, y por fin ha funcionado —había dicho «Gran Siggi» irradiando satisfacción por todos los poros de su cara de pan—. Tenemos una nueva aula de Informática en el colegio y podéis acceder a Internet desde cualquier ordenador. Yo particularmente hace ya algún tiempo que tengo conexión a Internet —siguió explicándonos para demostrarnos que como profesor siempre estaba a la última—. ¡Es algo extraordinario!

De modo que teníamos Internet. Internet en nuestro colegio, en el que todo tardaba una eternidad. Incluso nuestro tutor Schlüter, al que todos llamábamos simplemente «Gran Siggi» por su volumen y porque en su tiempo libre tocaba la tuba en una banda de instrumentos de viento, tenía Internet. ¿Y yo qué? Yo sigo aporreando las teclas de mi vejestorio, que según el calendario informático debe de estar ya listo para el museo. Aún hubiera podido cubrir los gastos del teléfono y del *modem* con mi paga, pero un ordenador nuevo era del todo imposible. Y precisamente eso es lo que necesitaba urgentemente si quería entrar en Internet. Había estado ahorrando e incluso por Navidad había pedido que me trajeran sólo dinero, pero para un nuevo ordenador no me llegaba, vamos, ni por casualidad. Mis padres no quisieron saber nada del tema. Me dijeron que el viejo aún funcionaba. ¿Cómo se puede ser tan ignorante?

«Gran Siggi» me sacó de mis pensamientos.

—Organizaremos unas sesiones de Internet, que serán totalmente voluntarias —exclamó—. ¿Quién tiene ganas de participar en ellas?

Al instante, todas las manos se alzaron, la mía también.

Me extrañó que «Gran Siggi» no se sorprendiera de tan eufórico interés, sino todo lo contrario. De repente empezó a sonreír, como suelen hacer los profesores cuando se guardan bajo la manga un as y los alumnos no nos enteramos de nada.

—Las clases estarán dirigidas por el señor

Brinkmann —dijo saboreando lentamente cada palabra al pronunciarla.

Tan rápidas como se alzaron las manos, volvieron a desaparecer. Yo también titubeé un instante, pero finalmente dejé la mano alzada. Eché un vistazo a mi alrededor y comprobé que era la única. Esta reacción general no sorprendería a nadie que conozca al señor Brinkmann. A «Gran Siggi», tampoco. El señor Brinkmann es nuestro profesor de *Mates.* Pero nosotros le llamamos «el guapo de Gerardo», porque se cree muy guapo y siempre está flirteando con todas las profesoras, especialmente con nuestra atractiva profesora de Biología, la señora Sulte-Stratmann.

Pero no fue eso lo que hizo recorrer por nuestros cuerpos «un gélido escalofrío», como diría Charly. Al «guapo de Gerardo» no sólo le gusta flirtear, sino que también puede ser bastante desagradable. Sobre todo cuando tiene manía a algún alumno. Al que le toque ya se puede preparar, para él no hay contemplaciones. Tanto mi hermano Rabanito como Charly han sufrido con él más de lo que les gustaría admitir. Pero a mí no me afectó la noticia de su nombramiento, como yo soy bastante buena en *Mates* y además no he tenido nunca ningún problema con él... Aunque la verdad es que yo también hubiera preferido a otro profesor.

—¿Qué es esto? —preguntó «Gran Siggi» con fingida sorpresa—. ¿Por qué, de repente, ya no queréis participar?

Seguidamente se le abrieron los ojos como platos. Esta vez la sorpresa no era fingida, ¡era real!

Cuando miré a mi alrededor, supe por qué «Gran Siggi» miraba tan anonadado. Yo no era la única que quería formar parte de las clases, había alguien más, y era ¡Charly! No podía creérmelo. Charly no tiene ni idea de ordenadores, incluso menos que Fede y que mi hermano Rabanito. Además, desde que Charly había interrogado al «guapo de Gerardo», éste no quería ni oír hablar de él.

—¿Charly? ¿Tú? —fue lo único que «Gran Siggi» fue capaz de pronunciar.

Una vez más comprobé que nuestro tutor sabe evaluarnos correctamente.

—Necesito saber cómo funciona Internet para mi futura profesión —contestó Charly.

La forma en que pronunció la palabra «profesión» fue suficiente para arrebatarle a «Gran Siggi» una nueva sonrisa y para provocar en la clase una risa contenida. Lo que había querido decir con lo de su profesión estaba claro: detective. Charly es el jefe de la agencia de detectives Charly & Company, como él suele llamarla. También pertenecemos Fede, mi hermano mellizo Rabanito, nuestro perro Precioso y yo. Nuestro éxito es más bien escaso, aunque Charly no deja de soñar en conseguir un gran caso. Debido a ello nos ha puesto más de una vez en evidencia. A veces me pregunto por qué demonios sigo participando en todo esto. Será porque en el fondo me encanta tomarle el pelo a Charly.

—¿A qué profesión te refieres, Charly? —preguntó «Gran Siggi» con un sospechoso temblor alrededor de las comisuras de la boca.

—Estoy seguro de que usted ya se habrá enterado de que dirijo una agencia de detectives —contestó Charly con un brillo especial en los ojos—. Actualmente muchos malhechores resuelven sus oscuros negocios vía Internet. Por ejemplo, hace tan sólo un par de días, leí un caso en el periódico. Decía que una banda estaba traficando con animales poco comunes y en peligro de extinción, a pesar de estar duramente penalizado. Pero la policía aún no tiene ninguna pista...

«Gran Siggi» levantó las manos.

—¡Gracias, Charly! Ya es suficiente —dijo interrumpiendo el vendaval de palabras de Charly, mientras algunos de mis compañeros de clase amenazaban con troncharse de la risa de un momento a otro—. Bueno, entonces, ¿quién más quiere participar además de Charly y Estefi? El señor Brinkmann me ha comentado que quiere crear una página web para el colegio.

Yo volví a mirar a mi alrededor. Charly y yo seguíamos siendo los únicos voluntarios. A mí ya se me empezaba a dormir el brazo. Charly asintió a Fede animándole. Al principio éste sólo le miró con aires de incomprensión, pero finalmente levantó la mano titubeando. Eso era típico de Fede. Siempre se dejaba convencer por Charly para lo que fuera. Igual que Rabanito por mí. Entonces yo golpeé a mi hermano mellizo en un costado.

—¿Qué, hermanito? ¿No te apetece? —le murmuré.

Rabanito me miró consternado.

—Si yo no tengo ni idea. ¡Y encima con «el guapo de Gerardo»! —me susurró con voz temblorosa.

Aunque mi hermano Rabanito y yo somos mellizos, cualquiera que no nos conozca ni siquiera diría que somos hermanos. Y no sólo porque él es bastante más bajito que yo, sino porque somos en todo completamente distintos. Desde que tengo uso de razón, intento constantemente quitarle el miedo que tiene a cualquier cosa. Y eso que ya ha demostrado un par de veces lo que de verdad lleva dentro.

—No seas gallina, hermanito. De esta forma al menos aprenderás. Además, «el guapo de Gerardo» no te va a comer.

—Yo no estaría tan seguro —dijo Rabanito en voz baja, pero levantando cautelosamente la mano.

Después de que nosotros cuatro rompiéramos el hielo, «Gran Siggi» consiguió que se nos unieran unos cuantos voluntarios más. Para espanto de Charly, también se encontraban entre ellos Simón, Javier y

Óliver. Poco después de nuestra última excursión escolar, en la que todos los profesores padecieron una misteriosa enfermedad, ellos también se habían unido para formar una banda de detectives. Se hacen llamar los «Bad Boys». Aunque tengo la impresión de que su único caso consiste en meterse con nosotros, y especialmente con Charly.

—¿Cuándo van a empezar las clases con el señor Brinkmann? —preguntó al fin Fede.

«Gran Siggi» sonrió con una sonrisa bien amplia como nunca jamás le había visto.

—Esta misma tarde.

Y ahí estábamos a horas intempestivas en el patio del colegio, contemplando fijamente el texto que Charly quería poner en la página web de su agencia de detectives.

—¿Y esto para qué? —le pregunté a Charly.

Él se acercó un poco más y bajó el tono de voz.

—Hay mucha gente que no confía en la policía. Por eso se dirigen a los detectives privados. Ellos trabajan de forma mucho más discreta. A esa gente es a la que quiero captar con nuestra página web. Sin indicios de ningún tipo, la policía seguiría dando palos de ciego en muchos de los casos.

—Ya, y tú quieres ayudarles a recobrar la vista, ¿no? —dije en tono irónico.

—¡Ja, ja! ¡Muy graciosa! —exclamó Charly—. ¿Pero por qué no me tomáis nunca en serio?

—¡Eh, tío, eh! Claro que te tomamos en serio, Charly. ¿Pero no crees que deberíamos ofrecernos también como cebos? ¡Por ejemplo, nos podríamos infiltrar en bandas de delincuentes!

—¡O también podríamos ofrecer a Precioso como sabueso! —propuso Rabanito.

A Fede se le atascó la risa en la garganta.

—¡Eh, tío, eh! ¡Ni se te ocurra meter a Precioso en esto! Por cierto, ¿le habéis llevado la comida?

—No, ¿por qué? —preguntó mi hermano—. ¿Nos tocaba a nosotros?

—¡Pues claro que os tocaba! —le gritó Fede—. ¿Y ahora qué, si está pasando hambre?

—Me apuesto algo a que Precioso no ha pasado hambre en su vida —dijo Charly despreocupado—. Y aunque así fuera, no le vendría nada mal. Tal vez así se daba cuenta de que hay que trabajar duro para ganarse el pan.

—¡Eh, tío, eh! ¡Precioso no tiene por qué trabajar!

—Ya, claro, porque es demasiado tonto para hacerlo.

—¡No lo es!

—¡Claro que lo es!

Como ya he dicho, Precioso es nuestro perro. Es decir, en realidad es el perro de Fede. Desde que se encontraron detrás de un contenedor de basura, no hay nada ni nadie que los separe. Le bautizamos con el nombre de Precioso para que por lo menos su nombre fuera bonito. Aunque nosotros le tenemos mucho cariño, hay malas lenguas que aseguran que con su dentadura mellada y su oreja partida se parece a un cepillo del retrete. Desde que está con nosotros, Charly y Fede no hacen más que discutir sobre las cualidades de Precioso. Mientras Fede sostiene que es un perro muy especial, Charly opina que es tan corto que no vale ni para olfatear una pista. Y eso es algo que tendría que saber hacer como buen perro detective, que es en lo que Charly quiere convertirlo. Por lo que a mí respecta, yo no estoy tan segura de quién de los dos tiene la razón. Pero una cosa sí está clara: un perro como Precioso no existe en ningún otro lado.

—Después de la clase de Internet podríamos ir juntos a verlo —intervino Rabanito, con la intención de apaciguar la discusión de esos dos una vez más—. No creo que se muera de hambre hasta entonces.

Cuando llegamos al aula de Informática, nos recibieron los Bad Boys con sus comentarios despectivos.

—¡Hola, Charly! —exclamó Óliver—. ¿Has cazado ya a algún delincuente cibernético? ¿O es que tu primera víctima va a ser «el guapo de Gerardo»?

—A lo mejor Charly se puede digitalizar y entonces navegará como *software* por Internet —añadió Simón.

—¡Sí, y Fede se escaneará fotografías de la señora Sulte-Stratmann! —dijo Javier tronchándose de la risa—. ¡Y por las noches, antes de irse a dormir, las mirará sin parar!

Hasta ese momento, habíamos soportado tranquilamente los estúpidos comentarios, pero al nombrar a nuestra profesora de Biología, Fede se estremeció. Ella es con diferencia su profesora preferida. Si yo fuera malvada, diría que está completamente colado por ella.

—¡Eh, tío, eh!

—Fede, no te preocupes, déjalos —le tranquilizó Charly en seguida—. A palabras necias, oídos sordos.

Claro que, sin que Fede pudiera verlo, me guiñó un ojo.

La aparición de nuestro profesor de *Mates* puso fin a aquella pequeña discusión. Estaba sorprendentemente de buen humor. Aunque eso no quería decir gran cosa. En realidad, «el guapo de Gerardo» no está nunca de mal humor. Durante sus clases siempre hace muchas bromas. El problema es que casi siempre somos los alumnos el centro de sus chistes.

—Qué bien que hayáis venido tantos de vosotros —dijo mirando muy satisfecho al grupo.

Realmente se habían concentrado más voluntarios de los que yo pensaba.

Tuvimos que sentarnos de dos en dos frente a los ordenadores. Rabanito y yo compartimos uno, Charly y Fede otro.

«El guapo de Gerardo» carraspeó. Inmediatamente se hizo el silencio.

—Vuestros tutores seguramente ya os habrán informado de que en estas clases crearemos una página web para el colegio —dijo—. Desgraciadamente hemos tenido que esperar demasiado a que nos llegaran los ordenadores. Debido a ello ya se nos han adelantado otros colegios. Pero conseguiremos que la nuestra sea más original, más exigente y más bonita que cualquier otra página web de un colegio anunciado en Internet. Eso significa mucho trabajo, pero merecerá la pena. ¡Podéis estar seguros! Y ahora encended vuestros ordenadores para que no perdamos más tiempo.

Eso sonaba a música celestial, al menos para mí.

De soslayo vi que Charly pedía la palabra.

—Sí, Charly, ¿qué ocurre?

—Señor Brinkmann, me gustaría hacerle una pregunta.

—Bueno, en eso ya tienes práctica, ¿verdad, Charly? Así que adelante —dijo «el guapo de Gerardo» levantando una ceja.

Al parecer aún no había olvidado el interrogatorio al que Charly le había sometido referente a nuestro amable conserje, el señor Pedel.

Charly estaba muy erguido sentado en su silla. Sus orejas se tornaron un poco de color rosa.

—Eh… ¿Cómo se enciende el ordenador?

«El guapo de Gerardo» se pasó el resto de la primera hora de nuestra clase introduciendo a Charly

en los misterios de la Informática y dejándolo en ridículo todo lo que quiso y más.

Al terminar la clase, conseguimos comida para Precioso y fuimos directamente a verlo. Entre otras razones porque Fede no hubiera consentido otra cosa. Como ninguno de nosotros tiene permiso para quedárselo en casa, lo hemos alojado en el huerto de los tíos de Charly: la tía Hilda y el tío Werner.

Cuando aparecimos en la puerta del huerto, nuestro perro se acercó a nosotros moviendo el rabo y silbando. Precioso es el único perro que conozco que, en vez de ladrar, silba cuando está excitado o contento. Aunque yo no estaba muy segura de si éramos nosotros la razón de su alegría o la comida que le habíamos traído.

Mientras Precioso se encargaba de devorar las exquisiteces, Fede le observaba apenado.

—¡Eh, tíos, eh! Mi pobre pequeño casi se muere de hambre. Mirad cómo lo devora todo.

—Pero si eso es lo que hace siempre —opinó Charly—. Independientemente de que se haya atiborrado a comer antes o no.

—¡Vaya, si aún puedes hablar! —dije—. Ya pensaba que «el guapo de Gerardo» te había dejado sin palabras.

Charly asintió.

—Pues no vas muy desencaminada. Ciertamente, he estado pensando en algo que tiene que ver con «el guapo de Gerardo», mejor dicho, con nuestra página web.

—¡Eh, tío, eh! —gruñó Fede.

—Si lo he entendido bien —continuó Charly sin

inmutarse—, lleva mucho trabajo hacer una página web que tenga un aspecto profesional. Así que, ¿por qué no le preguntamos al «guapo de Gerardo» si nos ayuda con ello? A lo mejor podemos quedarnos después de cada clase media hora más y entonces...

—¿Te has vuelto loco? —exclamó Rabanito; su cara estaba roja como un tomate—. ¿Con «el guapo de Gerardo»? ¡Jamás!

La verdad es que la idea de crearnos nuestra propia página web me gustaba bastante, pero no podía imaginarme que precisamente «el guapo de Gerardo» nos ayudara en ello. Una vez más, como tan-

tas veces últimamente, deseaba tener un ordenador mejor.

—¡Eh, tío, eh! —dijo Fede de repente—. ¿Por qué no miramos cómo lo hacen los demás? A lo mejor encontramos algo que nos dé una idea. ¿No han abierto hace unas semanas un nuevo Cibercafé? Yo quería pasarme de todas formas por allí algún día.

—¿Te refieres al Cibercafé junto a la plaza del mercado? —preguntó Charly.

—A mí la idea me parece bien —dije yo, después de que Fede asintiera con la cabeza—. Yo también quería ir algún día, pero me pareció muy caro. Claro que si lo pagamos entre todos...

—No creo que sea una buena idea —me interrumpió Charly—. Esas páginas también las podemos ojear durante las clases de Internet. Además, así es gratis.

—¡Eh, tío, eh! ¿Acaso crees que «el guapo de Gerardo» nos va a permitir navegar por Internet durante la clase? ¡Olvídalo!

—Aun así yo no quiero ir allí —contestó Charly.

Cuanto más se resistía Charly a ir al Cibercafé,

más se despertaba nuestra curiosidad por saber el verdadero motivo de su constante respuesta negativa. El dinero sólo era una excusa, porque cuando le interesaba para su Charly & Company no se preocupaba ni por el dinero ni por ninguna otra cosa.

Finalmente lo expusimos a votación. El resultado fue claro: tres contra uno a favor del Cibercafé. Fede cogió a Precioso, que se había abstenido de la votación, en brazos y nos pusimos en marcha.

2
www.ciber_cafe.com

Cuanto más nos acercábamos a la plaza del mercado, más lentamente parecía andar Charly, como si tuviera miedo de algo.

Cuando por fin llegamos frente al Café, tuvimos que meterle por la puerta casi a la fuerza. Pero nada más entrar, averiguamos cuál era el problema de Charly.

—¡Vaya, esto sí que es una sorpresa! —tronó una voz por todo el Café que nos resultaba bien conocida—. ¡Mi hermanito ha venido aquí a visitarme! ¿A qué debemos el honor de poder contar con tan famoso detective entre nuestros clientes?

—¡Ya basta, Nicole! —le bufó Charly a su hermana mayor—. ¡Que te pueden oír todos!

—No sé de qué te quejas —contestó Nicole—. Si normalmente estás muy orgulloso de ser el digno sucesor de Sherlock Holmes.

—No nos habías contado que Nicole trabajaba aquí —le susurré a Charly.

—Después del colegio trabaja unas cuantas horas —me contestó Charly muy bajito—. ¿Comprendes ahora por qué no quería venir? Además, Nicole no es la única que trabaja aquí.

Como si hubiera estado esperando su contraseña, apareció Miki en escena. Miki es el novio de Nicole. Está ya en la universidad y se conocieron en nuestra última excursión escolar. Además, Charly & Company tuvimos algo que ver en que ahora estén juntos. Por eso, yo pensaba que Nicole y Charly se llevaban mejor, pero ella sigue tomándole el pelo con lo de su agencia de detectives. Al menos en ese punto Nicole y yo nos parecemos.

—¡Hola Charly! —gritó Miki como mínimo al mismo volumen de voz que su novia minutos antes—. ¿Qué tal los delincuentes? ¿Has vuelto a cazar alguno?

A esas alturas, Nicole y Miki ya habían conseguido que al menos la mitad de los clientes del Café mirasen divertidos hacia nosotros.

El hecho de juntarse con Charly y pertenecer a su agencia de detectives era cada vez más bochornoso. Y por si eso no fuera ya suficiente, encima Charly respondió a Miki:

—Hemos venido en misión oficial —dijo como si fuera un comisario de ésos que vemos en la tele.

Miki y Nicole intercambiaron una significativa mirada.

—¿Una misión oficial? —preguntó Miki—. ¿De qué se trata?

—Queremos echar un vistazo por Internet, porque estamos tratando de hacer una página web para nuestra agencia de detectives. Tal vez encontremos aquí alguna valiosa inspiración.

—De eso estoy seguro —contestó Miki guiñándole un ojo a su novia—. Pero desgraciadamente eso os va a costar unos cuantos euros. Dos a la hora, para ser exactos.

¡Dos euros la hora! Ahora entendía por qué no había venido antes. El dinero me hacía más falta para mi nuevo ordenador que para gastarlo en esta estúpida agencia. El hecho de que compartiríamos gastos me consoló más bien poco.

El Cibercafé era una mezcla entre nuestra aula de Informática del colegio y la cafetería en la que se reúnen los alumnos más mayores en los descansos. Había veinte PC's ordenados en filas de cuatro. Delante de algunos de ellos ya había gente aporreando los teclados. Casi todos estaban bebiendo Coca-Cola o café. Si nosotros hiciéramos eso en el colegio, seguro que al «guapo de Gerardo» le habría dado ya un ataque de nervios o se habría pillado un enfado de campeonato.

Quien no tuviera ganas de navegar por Internet se podía sentar a una de las mesas pequeñas que había delante de la barra, al otro lado del Cibercafé, y tomarse allí su café o su Coca-Cola. También había repostería y bocadillos. Incluso se podía ver el programa de la MTV en varios monitores que colgaban del techo. ¡Aquí me sentía bien! Si no hubiera sido tan caro...

Miki nos acompañó a uno de los ordenadores y nos dio unas cuantas indicaciones; después pudimos empezar. Encontramos algunas agencias de detectives profesionales, que se anunciaban a través de su propia página web. Charly saltaba de alegría. La hora se pasó en un suspiro. Parecía mentira lo rápido que pasaba el tiempo cuando se navegaba por Internet.

Miki vino a atendernos en seguida.

—Qué, ¿queréis repetir?

—¡Yo paso! —dije rápidamente—. ¡Para mí es demasiado caro!

Miki asintió.

—Lo entiendo. Yo también tengo mi propia conexión a Internet. A fin de cuentas sale más barato que conectándome aquí.

Todos tenían Internet. ¡Menos yo!

—Hemos encontrado un montón de información valiosa —dijo Charly altivo—. Creo que con eso ya podremos diseñar nuestra propia página web. ¿Podríamos hacerla aquí?

Miki se quedó mirándole con cara de interrogante.

—No, eso no puede ser —le dijo.

—¿Por qué no?

—Porque necesitas un acceso propio para poder colgar la página web en Internet.

—¡Y un ordenador en condiciones! —añadí yo.

—¡Desde luego que sí! —dijo Miki riéndose—. Con uno que no ande ni para atrás no conseguirás nada.

Pensé en pedirle a Miki que hablara con mi padre. Tal vez él podría convencerle de que mi ordenador no andaba ni para atrás y que necesitaba uno nuevo urgentemente.

Charly se rascó la cabeza.

—Pues desgraciadamente no lo tenemos. Sólo en el colegio. A lo mejor deberíamos preguntarle al «guapo de Gerardo» si...

—¡Olvídalo! —exclamó Rabanito.

Cuando salimos del Cibercafé, de camino a casa, me lo pensé mejor y decidí volver a preguntarles a mis padres si me compraban un nuevo ordenador. El momento más propicio era después de la cena. Cuando están llenos, satisfechos y de buen humor es la mejor ocasión para convencerlos de algo que en realidad no quieren. En eso tengo experiencia. Pero esta vez no tuve suerte. Si sólo hubiera tenido que negociar con mi madre, mi plan, posiblemente, habría funcionado. Pero por desgracia mi padre es más duro de pelar.

—¡Estefanía, de eso ni hablar! —exclamó—. Ya te dije hace unos cuantos días que no te vamos a comprar un ordenador nuevo.

—¡Pero, papá, el mío ya es un vejestorio!

—¿Vejestorio? —intervino mamá—. ¡Si aún no se ha estropeado! Funciona a las mil maravillas.

—Bueno, eso si no contamos el cortocircuito de cuando Precioso se meó encima —dijo mi hermano Rabanito con la boca llena.

De modo que con su ayuda tampoco podía contar.

—¡Mamá! Si eso no tiene nada que ver —intenté introducir a mi madre por enésima vez en las maravillas de la tecnología—. Mi ordenador está obsoleto. Es demasiado lento para Internet.

—Pero si ahora tenéis ordenadores con conexión a Internet en el colegio. Tú misma lo acabas de contar —dijo papá—. De todos modos aún no me explico cómo estáis tan bien equipados en vuestro colegio, cuando en el mío aún...

—¡Papá, si precisamente ése es el problema! —le interrumpí—. Si tuviera un ordenador más rápido, podría practicar en casa lo que he aprendido en el colegio.

—Eso también lo puedes hacer ahora, al menos en teoría. No, no, para eso no pago yo otro ordenador.

—¡Pero si no lo tienes que pagar todo! —exclamé—. Yo ya tengo unos cientos de euros ahorrados.

—De todas formas aún falta demasiado. En este momento no nos lo podemos permitir. Tenemos demasiados gastos. Además, tendremos que cambiar pronto de coche y eso es más importante.

¡Ajá! Llegamos por fin al verdadero motivo.

—Papá, a mí nuestro viejo coche me gusta mucho. Y además aún funciona, es más, ¡funciona a las mil maravillas!

La mirada que me lanzó mi padre fue suficiente para hacerme callar. Tenía que pensar en algo mejor.

Ya en la cama, a mitad de la noche, me sobresalté. Había tenido un sueño y una idea que muy pronto se transformó en un plan. Si funcionaba, tal vez aún podría conseguir mi nuevo ordenador.

—Voy a ir otra vez al Cibercafé —le dije a Rabanito al día siguiente al salir de clase, después de despedirnos de Charly y Fede.

—¿Para qué?

—A lo mejor encuentro en Internet un ordenador barato.

—Creía que el Cibercafé te resultaba demasiado caro.

—No me va a quedar más remedio que invertir esos dos euros.

—¿Quieres que vaya contigo?

—No, sólo tienes que decirles a mamá y papá que voy a llegar más tarde. Pero no les digas dónde estoy. Tendrás que inventarte alguna excusa.

A Rabanito no le hizo ninguna gracia el hecho de que nuevamente quisiera estar sola, pero, aunque a regañadientes, se acabó marchando a casa.

Tuve suerte. Nicole y Miki no estaban en el Cibercafé. Tenían el día libre, y en su lugar había otra chica. Probablemente todo el personal estaba compuesto por ayudantes temporales.

Triste, vi cómo desaparecían mis dos euros en la caja, después, me senté frente a un ordenador y comencé a teclear en seguida. Una hora se hacía muy corta y tenía que aprovecharla al máximo.

3
www.santi.com

A pesar de ello, un poco más tarde hubo algo que me distrajo. Frente al ordenador de al lado estaba sentado un chico. No supe calcular su edad, pero tendría al menos un par de años más que yo. Lo primero que me chocó fue su móvil, que tenía encima de la mesa. Me pareció que era bastante *guay*. También él, que estaba muy moreno, como si acabase de llegar de vacaciones o hubiese estado bronceándose con rayos uva; y además, las ropas que llevaba eran muy modernas y de marca.

Debió de notar que le estaba mirando, porque de repente se giró hacia mí y me sonrió. Como pude le devolví la sonrisa. Inmediatamente volví a mirar mi pantalla. Espero que no pensara que le había estado mirando embobada. ¡Pero me había gustado su sonrisa!

Navegaba por Internet como lo hacían esos tipos en las costas de Hawai con una ventisca de potencia diez. Y efectivamente encontré algunas ofertas, aunque para mi bolsillo seguían siendo tan caros que probablemente no habría podido pagarlos ni en dos años. Hasta los ordenadores de segunda mano eran demasiado caros para mí. También había ofertas de intercambios, pero buscaban ordenadores mejores que el mío. Nadie estaba interesado en «un lento vejestorio», como lo había llamado Miki. Aún no había avanzado nada en mi investigación, cuando empezó a parpadear la señal de que sólo me quedaban un par de minutos. Todavía podía entrar en una página más. ¡De nuevo, nada! Ya está. Para eso, podría haber tirado mis bonitos dos euros por la ventana.

Furiosa, golpeé con la mano abierta sobre la almohadilla del ratón.

—¡Maldición!

Me había olvidado por completo del tipo que estaba a mi lado.

—¿Tienes algún problema? —le oí decir.

Yo me lo quedé mirando. Nuevamente me sonrió. Tuve que reunir todas mis fuerzas para no ponerme colorada.

—Decir problema sería exagerado —conseguí contestarle, aunque en realidad sí que tenía un problema—. Es sólo que no he encontrado lo que buscaba y ya no me quiero gastar más dinero.

Él asintió y me ofreció su mano.

—Sí, esto sale bastante caro. Por cierto, me llamo Santi.

—Estefi —contesté yo estrechándole la mano.

¡Tenía un tacto genial!

Él se acercó un poco, de forma que pude oler su colonia. ¡Qué maravilla!

—¿Qué es lo que estás buscando? —me preguntó.

—Un ordenador nuevo, o uno de segunda mano. En cualquier caso, uno que sea más rápido que el que tengo ahora, porque para Internet es demasiado lento.

Santi asintió.

—Ya entiendo. Y no has encontrado ninguno adecuado, ¿no?

—Depende de lo que tú entiendas por adecuado. Son todos demasiado caros. Al menos valen más de lo que yo me puedo permitir en estos momentos.

—¿Y cuánto quieres gastarte? —me preguntó.

Yo le dije la cantidad. Y lo cierto es que me dio un poco de vergüenza, porque era muy poco. Por eso añadí rápidamente:

—¡También daría mi antiguo ordenador a cambio!

Santi me miró y se rascó la barbilla.

—Bueno, no es que sea mucho, pero algo ayudaría —dijo.

—¿Ayudaría? —le pregunté—. ¿Qué quieres decir?

—Quería decir que a lo mejor puedo ayudarte —contestó en seguida.

—¿En serio? —exclamé—. ¿Cómo?

Y en ese momento me dio igual ponerme colorada o no.

Santi se acercó un poco más, cogió su móvil de la mesa y empezó a juguetear con él.

—Bueno, es que en realidad trabajo en una tienda de ordenadores.

—¿De verdad? ¿Y qué es lo que haces allí?

—Un poco de todo, esto y lo otro. Podríamos decir que soy algo así como la mano derecha del jefe. Siempre que él no está, tengo que representarle.

¡La mano derecha del jefe! Eso sonaba genial y pegaba con su aspecto. Probablemente por ese motivo siempre llevaba un móvil consigo, para que su jefe pudiera localizarle en todo momento.

—¿Y puedes conseguirme un ordenador barato? —le pregunté.

Santi miró unos instantes por la ventana, como si se lo estuviera pensando.

—Podría ser —dijo después—. A menudo tenemos ordenadores con pequeños desperfectos, arañazos y cosas así. Esos ordenadores, los clientes ya no los quieren comprar. Por eso los vendemos mucho más económicos. Sí, y además, yo hablaré con mi jefe para que te haga un descuento y acepte tu ordenador viejo a cuenta.

—¡Eso sería estupendo! —dije, tan alto que seguramente lo escucharon todos los que estaban en el Cibercafé.

Me daba igual. Así que añadí:

—¿Y cuándo crees que vais a volver a tener un aparato arañado de ésos?

Santi se encogió de hombros.

—No lo sé, pero suele ocurrir a menudo. Aunque tal vez también pueda convencer a mi jefe para que me haga una oferta sin que el ordenador esté arañado. Seguramente podré decirte algo más dentro de uno o dos días.

Rebuscó en su bolso, sacó una hoja de papel y un bolígrafo y apuntó algo.

—Aquí tienes la dirección de mi e-mail —dijo

entregándome el papel—. ¿Puedes apuntarme tú también la tuya?

¿Dirección de e-mail? ¡Yo no tenía ninguna dirección de e-mail! Pero no quería ponerme en evidencia de esa manera. Cogí el papel, lo partí por la mitad, y escribí en él la dirección de e-mail del colegio.

—¿Colegio? —preguntó Santi después de haberlo leído.

—No es ningún problema —dije yo rápidamente—. Yo..., yo trabajo allí.

Santi asintió.

—Vale. Bueno, ahora tengo que irme. Mi hora también se ha pasado ya. Además me está esperando mi jefe. Aún tenemos algo importante de qué hablar.

—Entonces, tal vez puedas preguntarle hoy mismo lo de la oferta —dije yo.

—Lo haré —contestó Santi mientras se levantaba—. De cualquier forma tendrás noticias mías. Posiblemente mañana mismo.

—¡Eso sería genial! —exclamé tras él.

No sé cuánto tiempo estuve aún mirando fija-

mente la puerta por la que había desaparecido Santi. Ese chico me gustaba. Era un tipo francamente *guay.* Pero lo que más me gustaba de él era que no me había tratado como a una niña, y eso que había tenido que darse cuenta de que era mucho más pequeña que él. Por otro lado, mamá siempre dice que yo aparento ser mayor de lo que soy. Por suerte no me había preguntado por mi edad.

Y si encima podía conseguirme un ordenador nuevo, esos dos euros habrían resultado ser una buena inversión.

De camino a casa me di cuenta de que me había comportado como una completa idiota. ¿Por qué le habré dado únicamente la dirección del correo electrónico del colegio? Le tendría que haber dado también mi dirección de casa o al menos mi número de teléfono. Y encima, yo tampoco podía llamarlo porque ni siquiera conocía su apellido.

Hasta dentro de dos días no iba a poder conectarme de nuevo en Internet, porque hasta entonces no teníamos la clase con «el guapo de Gerardo». Y no me atrevía a escabullirme al aula de Informática sin que nadie lo supiera. Si me llegaba a pillar algún profesor, seguro que tendría cantidad de problemas. Con estas cosas no bromeaban.

Me consolé pensando que seguramente no sería tan grave si Santi tenía que esperar uno o dos días mi contestación. ¡Ojalá nadie encuentre el e-mail de Santi antes que yo! Y ojalá «el guapo de Gerardo» esté lo suficientemente descuidado durante la clase como para que yo pueda leer el e-mail y contestarlo.

No quería contarles nada a Rabanito y a los demás sobre mi encuentro. Esto no era asunto de ellos. Además quería sorprenderles con mi nuevo ordenador y presentándoles a Santi. Seguro que se quedarían con la boca abierta. Me pregunté si tendría novia.

No hice más que pisar en casa y volver a la realidad, cómo no, a manos de nuestro maestro de detectives.

—Acaba de llamar Charly —me saludó Rabanito—. Hemos quedado en el huerto de Precioso. Tiene importantes novedades que contarnos. En fin, ya sabes cómo es.

Desde luego que lo sabía. Probablemente se le había ocurrido alguna chaladura en la que tendríamos que participar. Durante unos instantes pensé en no ir con él, pero no le podía hacer eso a mi hermano. Además ya se había inventado una excusa para que nuestros padres nos dejaran ir.

Me calenté la comida del mediodía, dejé los deberes para mejor momento y me puse con Rabanito en camino hacia el huerto de la tía Hilde y tío Werner.

—¡Hay novedades buenísimas! —nos saludó Charly radiante.

Realmente debía de estar de muy buen humor,

porque tenía a Precioso en brazos y le rascaba su media oreja.

—¿De qué se trata? —le pregunté.

—Me ha llamado Miki —comenzó nuestro jefe, y continuó—: Ha propuesto que diseñemos nuestra propia página web en su casa y la colguemos en Internet. Como tiene ese chisme..., como se llame.

—*Modem* —le ayudé.

—Sí, eso. La cuestión es que dijo que fuéramos mañana mismo a verlo. ¡Os lo imagináis! ¡Tendremos nuestra propia web! ¡Quién sabe los casos que nos pueden llegar a partir de entonces!

—¡Eh, tío, eh! Déjanos ir primero a casa de Miki y crear nuestra web en Internet.

Al día siguiente por la tarde, efectivamente fuimos a casa de Miki. El acogedor piso de estudiantes en el que vivía me gustó. Pero su ordenador me gustó aún más. Si Santi me conseguía uno que fuera la mitad de bueno que éste, ya me podía dar por contenta.

El diseño de la página web para Charly & Company hizo que me olvidara de todo lo demás. ¡Era realmente divertido! Aunque teníamos poco tiempo y lo que Charly escribía allí sobre su agencia de detectives me parecía bastante descerebrado, el resultado de nuestro trabajo no quedó nada mal. Yo al menos había visto durante nuestra visita en el Cibercafé webs en Internet bastante peores. De modo que, finalmente, se envió la web de Charly & Company a la aventura.

—¡Esto es algo fantástico! —dijo Charly entusiasmado cuando nos disponíamos a marchar—. Seguro que habrá un montón de gente interesada en que le resolvamos algún caso.

—Seguro —dije yo.

—Estoy impaciente por ver qué casos nos van a dar.

—Yo también.

—A lo mejor nos encontramos entre ellos uno verdaderamente espectacular. ¡Tal vez el robo de un banco o un secuestro!

Ya tenía suficiente con todo eso.

—Oye, Charly, ¿de verdad te crees todo lo que estás diciendo?

Charly se quedó parado y me miró fijamente.

—¿Qué quieres decir?

—¡Eh, tío, eh! ¡Tú qué crees que puede querer decir! —contestó Fede por mí—. Si esperas un caso de robo de banco, ya puedes esperar sentado.

—Bueno, pues empezaremos con casos más pequeños e iremos superándonos poco a poco.

—Tú estás como una cabra, tío —dije con intención de seguir andando.

Todo esto me parecía absurdo. Pero Charly me sujetó del brazo.

—Estefi, ¿se puede saber qué te pasa?

—¿Qué me va a pasar? ¡Nada!

—Con ese cuento le vas a otro. Tú estás muy rara.

—Yo también me he dado cuenta —dijo entonces Rabanito.

—Qué va —contesté en seguida—. Eso es lo que os parecerá.

Por suerte, se conformaron con esa contestación. Tenía que tener cuidado de no levantar sospechas entre mis amigos y sobre todo en Rabanito. No quería que me espiaran cuando me encontrase con Santi. Y por otra parte no tenía ganas de seguir escuchando las tonterías de Charly.

—Me voy otra vez al Cibercafé para ver alguna oferta de ordenadores —dije sin pensarlo dos veces—. Ayer no encontré nada. Quiero intentarlo hoy de nuevo.

—¿Quieres que te acompañemos? —preguntó Rabanito.

—No, no, prefiero ir sola. ¡Así me puedo concentrar mejor!

Antes de que ninguno pudiera decir nada, me fui dando grandes zancadas. Por lo que podía ver de reojo, parecía que no me seguían. Torcí dos veces por calles laterales, me paré y me volví a mirar. Nadie a la vista. Suspiré profundamente.

Mirándolo bien, no había mentido, porque en realidad quería volver una vez más al Cibercafé. Pero desde luego no para mirar ofertas, sino para ver si averiguaba algo sobre Santi. ¡A lo mejor incluso me encontraba con él! Aunque Nicole no había estado en casa de Miki, él nos había contado que ella no estaba de servicio. De ese modo podía estar segura de que no se chivaría a Charly.

No tuve suerte. Cuando llegué al Cibercafé, Santi no se encontraba allí. Eso lo vi con sólo echar una ojeada. En cambio Nicole sí que estaba, tras el mostrador, sonriéndome. Por desgracia, ella me había visto tan rápidamente como yo a ella.

—¡Hola, Estefi! ¿Qué haces tan sola? ¿Quieres navegar un poco?

¿Qué iba a hacer? No podía largarme otra vez, sin más. Eso hubiera sido demasiado sospechoso. Por otra parte tampoco quería gastarme otros dos euros. Así que lo mejor era intentar explicar la verdad y esperar que Nicole supiera guardar un pequeño secreto.

—Estoy buscando a un chico al que conocí ayer —dije con un tono lo más neutral posible.

Nicole levantó las cejas y empezó a parpadear.

—¿Buscas a un chico? ¡Vaya, qué interesante!

—Ayer estaba sentado a mi lado. Estuvimos hablando un poco.

—¿Y qué es lo que quieres de él? —me preguntó Nicole, que seguía parpadeando.

—Creo que ayer me dejé olvidado aquí mi bloc de notas en el que había hecho algunas anotaciones. Tal vez él se lo llevó. Y por eso quería preguntar si os lo había dado a vosotros.

Se me quitó un peso de encima cuando se me ocurrió, en el último instante, esta excusa. Nicole se agachó y rebuscó tras el mostrador. Cuando volvió a aparecer, se encogió de hombros.

—Aquí no han entregado nada. Una de dos, o te lo has dejado en alguna otra parte o, realmente, se lo ha llevado él.

Ahora quería ir a por todas.

—Tal vez tú lo conozcas —le comenté a Nicole—. Es algo mayor que yo, está muy bronceado y también lleva un móvil.

Los ojos de Nicole empezaron de repente a brillar.

—¿Uno de esos tipos de rayos uva con móvil y ropitas de marca?

Yo asentí.

—Ése es Santi. Pero hoy todavía no ha venido por aquí. Por desgracia.

—¿Por desgracia? ¿Por qué lo dices?

—Aún tiene una cuenta pendiente. Debe más de cincuenta euros. En cuanto aparezca por aquí no se me escapa sin pagar la deuda.

—¿Y no sabes dónde vive, o qué número de teléfono tiene? —pregunté.

Nicole se apoyó con los codos sobre el mostrador y colocó su sonriente cara frente a mí.

—Lo siento, el número de teléfono no lo tengo. De ser así le habría llamado para preguntarle por el dinero. ¿Pero no te parece que ese tipo está buenísimo?

Yo no le contesté, sino que me apresuré en largarme. Cuando llegué a la puerta, me volví a girar.

—Por cierto, te agradecería que no le contases a Charly nada de todo esto.

—¡Hermana, eso se sobreentiende! —exclamó Nicole guiñándome un ojo.

Por suerte, Rabanito se encontraba en su cuarto cuando llegué a casa. Eso me evitó sus fraternales preguntas. Yo me llevé la cena a mi habitación con el pretexto de que aún tenía que hacer los deberes.

A la mañana siguiente me desperté pensando en Santi. Rezaba para que me hubiera enviado un e-mail. Y por lo menos quería enviarle yo uno para pedirle que me llamara por teléfono cuando tuviera un ordenador para mí.

De camino al colegio pensaba en cómo arreglármelas para leer y contestar un e-mail sin que «el guapo de Gerardo» se enterase.

Cuando vi a Charly en el patio del colegio, noté ya de lejos que estaba muy excitado.

—Charly, ¿y a ti qué te pasa? —le preguntó Rabanito—. Parece como si fueras a estallar de un momento a otro.

—Y lo haré —jadeó—, si no consigo soltar pronto las novedades que traigo. Pero primero me gustaría esperar a que llegue Fede. Quiero que él también las oiga.

Por suerte Fede llegó en seguida, porque de lo contrario Charly habría explotado de verdad.

—¡Eh, tíos, eh! ¿Qué miráis con esas caras? ¿Le pasa algo a Precioso?

—No temas —le contesté yo—, es sólo que Charly tiene novedades que necesita decir urgentemente.

Charly miró unas cuantas veces a su alrededor y luego se inclinó hacia nosotros.

—No os lo vais a creer —dijo en voz baja—, pero alguien que ha leído nuestra página web ya se ha puesto en contacto con nosotros.

4
www.rotkehl.com

—¿Un caso? —exclamó Fede—. ¿Nos quiere contratar alguien?

—¡Mucho mejor, Fede! —contestó Charly—. ¡Mucho mejor!

Charly miró hacia todos los lados y se inclinó hacia nosotros.

—Imaginaos —susurró—. Nos han enviado una información anónima. Y justamente referente al caso que comenté yo el otro día.

—¿Y qué caso es ése? —preguntó Rabanito.

—¡Hombre, la banda que vende animales raros y protegidos por Internet! ¿Qué casualidad, verdad? ¡Pero esto aún no es todo!

—Por cierto, ¿y tú cómo te has enterado? —le pregunté a Charly.

—Miki me llamó hace un rato. Cuando esta mañana conectó su ordenador había llegado el e-mail.

Me preguntó si podía abrirlo y, cuando le di permiso, me lo leyó y luego me trajo una copia impresa. Es un tío estupendo. Me pregunto qué habrá visto en mi hermana.

—¡Eh, tío, eh! ¿Tienes el e-mail aquí? ¡Trae, enséñanoslo!

De nuevo, Charly miró a su alrededor para comprobar que nadie nos estuviera observando. Luego sacó cuidadosamente una hoja de papel de su chaqueta. Yo se la quité de la mano.

Para: macke@yahoo.com
De: jolischa@terra.com

Estimados detectives de Charly & Company:

He leído su página web. Tienen ustedes razón. Yo tampoco me fío de la policía. Por eso me dirijo a ustedes, para advertirles sobre una sospechosa que colabora con la banda que vende animales en peligro de extinción a través de Internet. No sé si la sospechosa es la cabecilla de la banda o sólo una colaboradora. Lo único que sé es que se hace pasar por profesora de Música y que se llama Rotkehl. Pero tras su amable y normal fachada brotan los más horrorosos misterios. Dicen que se ha especializado en cocodrilos. Les ruego en nombre de los animales maltratados que ¡atrapen a ese monstruo!

Un amante de los animales

—¡Eh, tíos, eh! ¡Eso no puede ser! ¿Nuestra *profe* Rotkehl, una traficante de animales?

—¡Cocodrilos! —exclamó Rabanito y se estremeció asqueado.

—¡A mí también me resulta difícil creerlo! ¡Pero ahí lo pone bien claro! —dijo Charly.

Sus orejas estaban rojas como tomates.

Rabanito movió la cabeza negativamente.

—No sé yo. La verdad es que no puedo imaginarme una cosa así de la profesora Rotkehl. Si en realidad ella es siempre muy amable.

—Sí, y un poco chiflada también. Además tiene una voz que hace estallar los cristales —añadí yo.

—¡Eso es todo fachada! ¡Monstruo! ¡Misterios brotando! ¡Cocodrilos! —exclamó Charly.

—¡Eh, tío, eh! «¡Jolischa!» ¿Y ésa quién es? —intervino Fede.

—Posiblemente un nombre ficticio —contesté yo—. Miki también se hace llamar simplemente «Macke» en Internet. De todos modos, a mí me parece muy extraño que quien ha escrito el e-mail no quiera decir ni siquiera su nombre.

—¿Y ahora qué hacemos? —preguntó Rabanito—. Dentro de un cuarto de hora tenemos Música con la profesora.

Yo levanté las manos y me acerqué de forma amenazadora a mi miedoso hermano mellizo:

—¡Ten mucho cuidado! ¡De lo contrario la profesora Rotkehl podría echarte de postre a sus cocodrilos! —exclamé.

Charly me quitó el papel de la mano.

—Me pregunto qué más tiene que ocurrir para que te tomes en serio nuestro trabajo, Estefi. A mí al menos me parece genial que hoy tengamos Música con ella. De ese modo podremos tantear un poco el terreno.

—No pretenderás interrogarla, ¿verdad? —exclamó Rabanito—. Acuérdate de lo que pasó cuando lo intentaste con «el guapo de Gerardo».

Charly hizo un gesto con la mano como rechazando lo dicho.

—En ese momento yo no estaba tan entrenado. Además, «el guapo de Gerardo» es de otro calibre. A Rotkehl la manejo mejor. ¡Dejádmelo todo en mis manos!

Cada uno de nuestros profesores tiene su ritual específico de saludo. Mientras «Gran Siggi» insiste en que digamos alto y claro «Buenos días, señor Schlüter», «el guapo de Gerardo» lo primero que hace es tirar su cartera sobre el escritorio e inmediatamente comienza a dar la clase. La profesora Rotkehl se ha ingeniado algo muy especial. Cuando ella entra en la clase, nosotros nos tenemos que levantar. Ella se coloca delante de nosotros y levanta las manos como si se dispusiera a dirigir una orquesta. Entonces tenemos que cantar una canción de la que únicamente nos dice el título. Esta vez le tocó el turno a *Llegó el mes de mayo,* y eso que estábamos en septiembre. Lo peor de este ritual es la voz de nuestra *profe.* Después, durante horas nos sigue sonando en los oídos.

En cuanto pasamos ese trago, se alzó el dedo de Charly como una bala.

—Sí, Charly, ¡dime!

—El otro día estuvimos hablando sobre los distintos tonos, ¿no? —comenzó nuestro jefe—. El tono mayor, el menor y eso.

—¿Y eso? —preguntó la profesora Rotkehl alzando una ceja.

—Eh, bueno —tartamudeó Charly—. Lo que quería preguntarle era sólo si en los animales también hay diferentes tonos.

—¿Cómo dices?

—Los pájaros por ejemplo —dijo Charly—. Ésos cantan, ¿no?

La profesora Rotkehl alzó también la otra ceja.

—Puede ocurrir, efectivamente. ¿Pero puedes decirme, por favor, adónde quieres ir a parar, Charly?

Al principio, las preguntas de Charly habían sido acogidas por la clase con indiferencia, pero ahora se había hecho el silencio. Conocían a Charly lo suficientemente bien como para saber que algo interesante se podía estar cociendo.

—¿Los pájaros también pueden cantar en tono mayor y modo menor? ¿Por ejemplo los pájaros exóticos cuya supervivencia está amenazada?

Las cejas de la profesora Rotkehl bajaron para fruncir el ceño.

—Ésa es realmente una pregunta muy interesante. Por ejemplo, cuando se compara el grito de un gallo silvestre en celo con el cántico de un ruiseñor. La potente llamada del gallo silvestre en celo sería más bien en modo menor: «¡Goek! ¡¡Gooeek!! ¡¡¡Goooeek!!!».

Nos tapamos los oídos, pero a Rotkehl ya no había quien la frenara.

—Mientras que desde luego podríamos comparar el dulce cántico del ruiseñor con el tono mayor: «¡Trili! ¡¡Trilii!! ¡¡¡Triliiii!!!»

Aunque la voz de la profesora Rotkehl era tan estridente que nos hacía vibrar hasta los empastes dentales, Charly aún no había acabado con ella.

—¿No tendrá usted también algo exótico entre su repertorio? —preguntó.

—¿Exótico? No, en pájaros exóticos no estoy muy puesta.

—¿Tal vez en otros animales? ¿Como por ejemplo cocodrilos?

—¡Charly! —bufó la profesora Rotkehl—. Si me muestras un cocodrilo que cante, eso sería realmente muy exótico.

—Pero ésos también hacen ruidos. ¿Los conoce usted?

—No, Charly, no los conozco. Porque aquí no nos ocupamos de ruidos, sino de música. Y ya que estamos en ello, puedes salir ahora mismo a la pizarra y escribir las notas que te voy a dictar.

—¡Eh, tío, eh! ¡Cocodrilos cantores! Vaya patinazo —dijo Fede, mientras salíamos al recreo después de clase.

—«¡Goek! ¡Goek! ¡Goek! ¡Trili!» —gritaron Simón, Javier y Óliver mientras nos adelantaban corriendo y riéndose.

La verdad es que Charly no desperdicia ninguna oportunidad para quedar en ridículo.

—Y encima te ha puesto un suficiente bajo —dijo Rabanito.

—El asunto lo merecía —dijo Charly—. Por lo menos hemos adelantado algo.

—¿Ah, sí? ¿Y eso de dónde te lo has sacado?

—Está clarísimo. ¿No te has dado cuenta de que se ha negado a imitar pájaros exóticos? Que no los conocía. ¡Bah! Con esa respuesta ha conseguido parecer aún más sospechosa; y además, cuando le hablé de los cocodrilos, se quedó completamente cortada. Ese e-mail va por buen camino. Lo presiento. De cualquier forma seguiremos este caso de cerca.

Sabíamos que nada en el mundo podría hacer cambiar a Charly de idea. Por eso ni lo intentamos. De todos modos a mí me interesaba más el e-mail de Santi, si me lo había enviado. Estaba impaciente por que llegara de una vez la última hora durante la cual tendríamos nuestra clase de Informática.

Sin saberlo, Charly me ayudó. «El guapo de Gerardo» se pasó casi toda la hora explicándole algo en el ordenador. De ese modo pude comprobar si había llegado a la bandeja de entrada un e-mail para mí. Estaba casi segura de que Santi me habría escrito. Así que me llevé una gran desilusión, al comprobar que únicamente había llegado una notificación de la lechería, anunciando que querían aumentar el precio de la leche escolar.

A simple vista podía verse que «el guapo de Gerardo» aún estaría ocupado durante un buen rato. Con la frente sembrada de perlas de sudor seguía intentando introducir a Charly en los misterios de la Informática. Los Bad Boys no daban abasto con sus comentarios. A mí todo aquello me venía muy bien. Así pude escribirle a Santi un e-mail en un abrir y cerrar de ojos, sin que nadie se diera cuenta. Le comuniqué mi dirección y número de teléfono y le pedí que me llamara o me escribiera cuando tuviera un ordenador para mí, ya que de momento no iba a poder trabajar más en el ordenador del colegio.

Tras acabar la clase, dejamos atrás a un profesor frustrado.

—¡Esto no puede seguir así! —se lamentó,

mientras recogíamos nuestras carteras—. Hoy no hemos avanzado nada en absoluto. ¡Si tengo que seguir mostrando consideración con alumnos aislados, no terminaremos nunca con nuestra página web!

Miré de reojo a Charly. Todo aquello no parecía interesarle en absoluto, como si el comentario de «alumnos aislados» no se refiriera a él.

Por la tarde quedamos todos en el huerto de Precioso. Esta vez Rabanito y yo nos acordamos de llevarle su comida.

—Deberíamos volver otra vez a casa de Miki —opinó Charly, mientras observábamos fascinados la velocidad con la que nuestro perro era capaz de zamparse su comida.

—¡Eh, tío, eh! ¿Qué quieres hacer allí? ¿Otra página web?

—No, pero podría ser que hubiéramos recibido otro e-mail.

—¿No te vale ya con el que has recibido? —preguntó Rabanito—. ¿Por qué no nos dejas ver primero qué ocurre con éste?

—Pero también podría tratarse de un e-mail que precisamente estuviera relacionado con este caso. Tal vez con más datos.

Como no teníamos nada mejor que hacer, finalmente llegamos a un acuerdo. Fede cogió a Precioso en brazos y luego nos pusimos en marcha hacia el piso de estudiante de Miki.

De camino pasamos por delante de un supermercado. De repente Charly empezó a tirarme del brazo con una mano y a zarandear como un loco la otra en dirección al escaparate.

—¡Ahí! ¡Ahí! ¡Estefi, mira eso!

Del susto que me pegué me puse la mano en el pecho.

—Dios mío, ¿qué es lo que hay que ver ahí?

—¡La profesora Rotkehl! ¡La profesora Rotkehl!

—¡Eh, tío, eh! ¿Y por eso nos asustas de esta forma? Una profesora va a comprar. ¿Qué hay de raro en ello?

—¡Comprar! ¡Eso es exactamente! —exclamó Charly, y desapareció en el supermercado.

En realidad, podíamos haber esperado fuera a que nuestro jefe volviera a salir, pero lo cierto es que nos picaba demasiado la curiosidad. Cuando entramos, Charly ya se había apoderado de un carro de la compra y andaba, agachado y de puntillas, muy pegado a una estantería repleta de pepinillos y cebolletas.

Sin saber muy bien por qué nos acercamos sigilosamente hacia él y nos pusimos a andar también agachados.

—¡Eh, tío, eh! ¿Qué es lo que estamos haciendo aquí? —preguntó Fede.

Charly se puso el dedo índice en la boca.

—¡Psst! No tan alto. Estamos vigilando a la profesora Rotkehl.

—¿Cómo hace la compra? —le pregunté yo.

—¡Exacto! Tenemos que averiguar qué es lo que compra. Imaginaos que descubrimos en su carro comida para animales exóticos. En ese caso tendríamos un incicio más.

Antes de que yo pudiera contestarle nada, Charly ya había desaparecido tras una esquina y esta vez pasaba a hurtadillas por delante de las galletas y las patatas fritas.

—¡Eh, tío, eh! ¡Comida animal para cocodrilos! —me murmuró Fede.

En un supermercado tan grande es prácticamente imposible mantener la visibilidad todo el tiempo. Por eso conseguimos ver a la profesora en pocas ocasiones. La mayoría de las veces únicamente la oíamos canturrear en voz baja, si podemos llamarlo así en ella. Cada vez que conseguíamos verla unos instantes, su carro de la compra se había vuelto a llenar un poquito más, pero no podíamos ver qué es lo que echaba en su interior.

—Tenemos que acercarnos más a ella —susurró Charly mientras pasábamos sigilosos por delante del mostrador de la charcutería.

Me percaté de que Precioso empezaba a moverse inquieto en los brazos de Fede. Y entonces ocurrió. A una señora que estaba frente al mostrador de la charcutería, se le cayó un pequeño paquete que la vendedora le acababa de entregar por encima del mostrador. Antes de que ninguno de nosotros pudiera evitarlo, Precioso saltó de los brazos de Fede, atrapó el paquete con su escasa dentadura y comenzó a correr a la velocidad del rayo hacia la salida.

—¡Ladrón! —gritó la señora que estaba ante el mostrador de la charcutería, y entonces echó a correr detrás de Precioso.

Nosotros nos olvidamos de la profesora Rotkehl y corrimos también tras ellos. La salida estaba interceptada. Una de las cajeras se había postrado delante con los brazos extendidos hacia los lados.

Y aunque Precioso a veces parezca algo espeso de entendimiento, este tipo de situaciones las reconoce al instante. Como si fuera un conejo, le dio esquinazo y corrió hacia el puesto de las verduras. Allí estaba nuestra *profe* junto a las coles. Cuando vio venir hacia ella a nuestro perro pegó un chillido. La sirena de los bomberos comparada con el grito de nuestra profesora de Música era un suave tintineo. Precioso, del susto, empezó a patinar, tropezó y chocó a gran velocidad contra la profesora Rotkehl, que perdió el equilibrio y se cayó al suelo, volcando también su carro de la compra. El resultado fue un barullo compuesto por la profesora, Precioso, pizza y vinagre de manzana.

—¡Vamos! —exclamó Charly—. ¡Le ayudaremos a recogerlo todo, así podremos ver si ha comprado comida para animales!

Y dicho y hecho. En cuanto nos quisimos dar cuenta, ya estaba junto a ella, levantando el carro y recolectando todas sus compras.

—¡Charly! —le gritó—. ¿Este perro es tuyo?

—Eh, en cierto modo sí —contestó Charly mientras echaba tres paquetes de levadura y una bolsa de patatas al carro.

—¡Deja eso! —exclamó la profesora de Música—. Ya lo hago yo. ¡Mejor será que quites a tu perro de en medio!

Precioso seguía teniendo el paquete entre sus dientes. La clienta de la charcutería se lanzó hacia él y quiso arrebatárselo. Pero no contaba con la tozudez de nuestro perro. Comenzó una férrea lucha que Precioso finalmente consiguió que se inclinase a su favor.

—¡De todas formas ya no quiero ese embutido! —exclamó la señora—. ¡Este chucho lo ha baboseado todo!

—¡Eh, tía, Eh! ¡No es ningún chucho!

La cajera que antes había obstruido la salida se acercó lentamente a Fede, y le dijo:

—¿Este perro es tuyo?

—Sí, señora —contestó Fede testarudo—. Éste es mi perro.

—Bien. Entonces serás tú quien pague el embutido.

—¡Eh, tío, eh! Mortadela y lengua. Ése es el embutido favorito de Precioso —dijo Fede, después de que pagara todo el botín de Precioso y nos encontrásemos a salvo unas cuantas calles más adelante.

—Es lo menos que se podía esperar. Al fin y al cabo acabas de pagar casi tres euros por ello.

—El dinero ha sido una buena inversión. Sin la ayuda de Precioso no habríamos podido comprobar la compra de la profesora Rotkehl —opinó Charly.

—¡Eh, tío, eh! ¡Entonces paga la mitad!

—Lo dividiremos por cuatro. ¡Faltaría más!

—¿Y qué nos aporta a nosotros saber lo que ha comprado nuestra *profe* de Música? —preguntó Rabanito.

—Bueno, al menos ahora sabemos que no había comida para animales.

—Y eso, ¿a qué conclusión te lleva? —le pregunté yo.

—A la de que no tiene animales cuya comida puede comprarse en un supermercado. Lo que en el caso de un cocodrilo, de todas formas, hubiera sido bastante improbable —me contestó Charly—. Lo que necesitamos ahora es más información. Y yo tengo una idea. Pero primero hemos de ir a casa de Miki.

5
www.precioso.com

—¡**Hola,** Miki! ¿Todo bien? —saludó Charly, con un movimiento de mano para dárselas de *guay,* al novio de Nicole cuando éste nos abrió la puerta de su piso de estudiante.

—Claro, Charly —contestó Miki con una sonri-

sa en los labios—. Y vosotros, ¿qué tal? ¿Habéis cazado ya a muchos delincuentes?

—Precisamente estamos aquí por ese motivo, Miki —dijo Charly mientras accedía a lo que era el salón, comedor, dormitorio y despacho.

Yo eché un vistazo general. Por suerte, Nicole no estaba.

—¿Nos ha mandado alguien otro e-mail? —preguntó Rabanito.

Miki movió la cabeza negativamente.

—Hasta ahora no. ¿Es que esperáis alguno?

—Se trata del caso de tráfico de animales exóticos —dijo Charly—. Necesitamos más información.

—Ya veo —dijo Miki mordiéndose el labio inferior.

—Por eso nos gustaría enviarle a nuestro informador un e-mail para pedirle más pistas.

—¿Que quieres qué? —pregunté atónita.

—El tipo que nos dio el soplo, seguro que sabe algo más. Además tenemos su dirección de e-mail. ¡Así que podemos escribirle! Miki, ¿podemos?

Miki asintió y se mordió un poco más fuerte en el labio inferior.

—Claro que podéis. Escribid a vuestro informador lo que queráis.

—¿Pero eso no será peligroso? —preguntó Rabanito.

—¡Qué va! ¡Si ése tampoco sabe de nosotros más que nuestra dirección de e-mail!

Charly llegó al ordenador de una sola zancada. Pero entonces se acordó de que no sabía cómo se enviaba un e-mail. Así que tuve que hacerlo yo. La verdad es que me sentí muy ridícula, pero escribí lo que Charly me fue dictando:

Para: jolischa@terra.com

De: macke@yahoo.com

Estimado amante de los animales:

Desgraciadamente nuestras investigaciones hasta ahora no han obtenido ningún resultado digno de mención. Si bien los interrogatorios y las vigilancias han sacado algunos indicios a la luz, nos sigue faltando todavía la prueba decisiva. Le agradeceríamos que nos pudiera facilitar más información sobre la profesora Rotkehl y sus actividades delictivas.

Siempre suyo,

agencia de detectives Charly & Company

—¿Estás seguro de que quieres enviar esto? —le pregunté a Charly en cuanto terminó de dictarme.

—Envíalo ya, Estefi. Que el destino tome su curso. ¡Tal vez mañana seamos famosos!

Yo pulsé con el ratón en «Enviar y recibir». Al fin y al cabo no quería ser yo la que se interpusiera en conseguir la fama de Charly.

Miki nos invitó a una Coca-Cola y nos acomodamos en su estudio mientras Precioso se tragaba el resto de la mortadela. Charly contó lo de su interrogatorio y la aventura del supermercado. A pesar de que Charly intentaba que su relato sonara lo más serio y profesional posible, Miki tenía que taparse la boca para no reírse. ¡Fue vergonzoso!

De repente, el ordenador soltó un suave timbreo.

—Acaba de llegar un e-mail —dijo Miki, y se levantó.

Charly se puso inmediatamente a su lado.

—¡Es para nosotros! ¡Es para nosotros! —le gritó a Miki en el oído.

Cuando el novio de Nicole abrió el correo electrónico, Rabanito, Fede y yo ya estábamos detrás de él.

Para: macke@yahoo.com

De: jolischa@terra.com

Estimado detective de Charly & Company:

No me extraña en absoluto que aún no hayan podido detener a la señora Rotkehl. Es demasiado lista y su tapadera es perfecta. Veo sólo una posibilidad de atraparla: hay que pillarla con las manos en la masa.

Si usted tuviera un animal en peligro de extinción para poder ofrecerlo de cebo, yo podría organizar un encuentro secreto entre usted y la profesora. Lo más conveniente sería un cocodrilo, auque ella también acepta otros animales que estén en peligro de extinción. Pero yo prefiero mantenerme al margen. ¡Para mí este asunto es demasiado peligroso!

Por favor, dígame si tiene algún animal en peligro de extinción para ofrecer y si está de acuerdo con el encuentro.

Un amante de los animales

—¡Peligroso! —exclamó Rabanito—. A él le resulta demasiado peligroso. ¡No deberíamos meternos en esto bajo ningún concepto!

—¡Bobadas! —dijo Charly quitándole importancia—. Si en el supermercado hemos chocado con ella y no nos ha pasado nada.

—¡Eh, tío, eh! De todas formas nosotros no podremos encontrarnos con ella. Al fin y al cabo no tenemos ningún cocodrilo que ofrecerle, ni ningún otro animal en peligro de extinción.

Charly miró a Fede.

—¡Eh, tío, eh! ¡Olvídalo! ¡A Precioso no!

—Yo no sé qué piensas tú, Fede —respondió Charly—, pero está claro que Precioso es un animal digámosle escaso. No hay un solo perro como él. Además no pretendemos venderlo de verdad. Sólo queremos que sirva de cebo.

—Yo me opongo a que llevemos a Precioso a ese encuentro, con una foto será más que suficiente —dijo Fede apretando a su pequeño fuertemente contra su pecho, como si tuviera miedo de que Charly se lo fuera a arrebatar de sus brazos para malvenderlo a nuestra profesora de Música.

—De eso nada —respondió Charly—. Haremos el ensayo con un objeto vivo.

—¡Eh, tío, eh!

—Fede, tranquilízate —intervine yo—. A nuestro Precioso no le va a pasar nada. Pero yo también estoy a favor de que aceptemos ese encuentro. Poco a poco me está picando la curiosidad por saber qué hay detrás de todo esto.

Mientras yo volví a instalarme frente al ordenador para que Charly me dictara otro e-mail, Fede se retiró malhumorado con Precioso en brazos a un rincón de la habitación.

Para: jolischa@terra.com
De: macke@yahoo.com

Estimado amante de los animales:

Muchas gracias por su ayuda. En efecto tenemos un animal exótico que ofrecer. Por desgracia no es un cocodrilo. Se trata más bien de una extraña raza de perro cuya supervivencia está amenazada.

No es una raza excesivamente inteligente, pero en cambio alcanza velocidades insospechadas en la ingestión de alimentos. Además, emite diferentes tonos de silbidos ante la alegría o la excitación. Si la profesora Rotkehl está interesada en un ejemplar de esta raza de perro, proponemos como lugar de encuentro para la valoración y posteriores negociaciones: parque de la ciudad, lago de los patos, banco junto al parque infantil, mañana por la tarde, a las quince horas. Rogamos contestación.

Siempre suyo,

agencia de detectives Charly & Company

Después de que enviara el e-mail, nos quedamos todos, incluido Miki, junto al ordenador esperando la respuesta. Llegó muy rápido y fue muy escueta:

Para: macke@yahoo.com

De: jolischa@terra.com

¡De acuerdo!

—Estoy intrigado por ver si la *profe* Rotkehl aparece por el parque mañana por la tarde para echarle un vistazo a Precioso —dijo Rabanito cuando ya nos encontrábamos de camino a casa.

—Yo también —le contesté, sin más.

Y es que estaba mucho más interesada en saber si Santi había leído mi e-mail y si se iba a poner en contacto conmigo.

—Ha llamado alguien preguntando por ti —dijo mamá, mientras estábamos cenando—. Un chico joven, o al menos eso me ha parecido.

Me alegré de no tener en ese momento nada en la boca, porque de haber sido así seguro que me atraganto.

—¿Qué chico? —exclamé yo.

—No tengo ni idea. Me dijo su nombre, pero no

le entendí. Pensé que tú sabrías quién era. ¿O es que hay tantos jovencitos que quieren hablar contigo? —preguntó con mirada examinadora.

—¡No, claro que no! —contesté yo en un tono demasiado alto—. Ya sé quién es. ¿Qué es lo que te ha dicho?

—No mucho. Quería hablar contigo. Cuando le dije que no estabas, dijo que volvería a intentarlo mañana al mediodía.

Mi corazón palpitaba. Me preguntaba por qué estaba tan nerviosa. Al fin y al cabo había deseado que llamara. Además también podía ser que no fuese él.

Mientras terminaba de engullir lo que me quedaba de cena, sentía los ojos de Rabanito observándome. Yo evité mirarlo.

Nada más terminar de cenar me fui a mi habitación. Si Rabanito me hubiese preguntado en ese momento quién era el que me había llamado, seguro que no le habría podido mentir.

A la mañana siguiente ya me había tranquilizado un poco más. Rabanito no me preguntó por el chico que me había llamado. Yo se lo agradecí mucho.

Un día más, el colegio se hizo eterno. Aunque durante las pausas nos distraía Charly con sus especulaciones sobre la profesora de Música y su interés en perros raros, durante las clases el tiempo parecía negarse a pasar. Sólo era capaz de pensar en la llamada telefónica, pero no sabía si porque en realidad me interesaba más Santi o mi posible ordenador nuevo.

En la mesa del comedor, Rabanito y yo estamos más o menos sentados a la misma distancia del teléfono. Así que esta vez coloqué mi silla de tal forma que pudiera levantarme inmediatamente en caso de que sonara el teléfono mientras estuviésemos comiendo. Seguro que Rabanito intentaría llegar el primero. Después de todo, lo conozco bien.

Cuando por fin llegó el momento, reaccioné inmediatamente. Rabanito aún no se había ni movido cuando yo ya estaba junto al teléfono. Efectivamente era Santi. Antes de decir ni una sola palabra me fui con el auricular en la mano a mi habitación y cerré la puerta tras de mí. Por suerte mis padres tienen un teléfono inalámbrico.

—¿Qué pasa? ¿Por qué no dices nada? —escuché la voz de Santi al otro lado de la línea.

Inspiré profundamente para que no me notara sin aliento.

—He tenido que ir primero a otro sitio. Gracias por llamar. ¿Se trata del ordenador? ¿Ya has encontrado uno para mí?

—No puedo hablar de ello ahora por teléfono. ¿Nos vemos otra vez en el Cibercafé? Allí podremos hablar tranquilamente. ¡Y tráete tu dinero!

—¿Mi dinero? —exclamé—. ¿Por qué?

—Quiero ver que realmente lo tienes. La confianza es buena, pero asegurarse lo es más.

Aunque me pareció extraño, también lo entendía. Al fin y al cabo él no me conocía de nada.

—¿Y cuándo? —le pregunté.

—¿Qué tal esta tarde a las cuatro en el Cibercafé?

Pensé en el encuentro con la profesora de Música. No es que tuviera muchas ganas de ir, pero si no quería levantar más sospechas tendría que pasar por ello.

—Me vendría mejor a las cinco, y además delante del Cibercafé —le contesté.

Miki iba a trabajar esa tarde allí. Él mismo nos lo había contado, y yo ya había tenido la suerte de que por lo menos Nicole no le hubiera contado nada de nuestro encuentro anterior a Charly.

Cuando salí de mi habitación me encontré a

Rabanito delante de la puerta. No parecía que me hubiera estado espiando, pero me miraba con los ojos muy abiertos como llenos de interrogantes. Yo evité su mirada y fui a poner nuevamente el auricular en su sitio.

Pero de camino hacia el huerto de Precioso finalmente me preguntó:

—Oye, ¿quién era el que te ha llamado por teléfono? ¿Estás saliendo con un chico?

Me eché a reír.

—¡No, ése no era mi novio!

—¿Entonces, quién es?

—Ya te lo contaré más tarde —le contesté sin mirarle.

—Eso espero —suspiró mi hermano.

Cuando llegamos al huerto, Charly en seguida nos hizo pensar en otras cosas. Al menos para eso siempre viene bien. Se había equipado como si fuera a un safari. Llevaba una chaqueta de camuflaje y de su cuello colgaban unos prismáticos y una máquina de fotos.

—¿Para qué quieres todos esos artilugios? —le pregunté.

—¡Eso ya se lo he preguntado yo! —exclamó Fede—. Dice que tiene que estar preparado para todo.

—Exacto, Fede. ¡Así es! —dijo Charly sujetando en alto los prismáticos y la máquina de fotos como si se trataran de trofeos.

Fede apretó a Precioso contra sí.

—Me pregunto qué quieres decir con eso.

—Pues lo que he dicho. Quiero estar preparado. Y ahora no te lo vayas a hacer en los pantalones por Precioso. Que no le va a pasar nada.

—Eso espero —dijo Fede casi sin voz—. Eso espero.

De camino hacia el parque de la ciudad tuvimos que soportar muchas miradas curiosas. Y aunque todas ellas eran para Charly y su atuendo de *scout,* no me sentía muy cómoda. Al fin y al cabo yo formaba parte del grupo, así que la gente también se reía de mí a nuestras espaldas. No iba a aguantar eso mucho tiempo más.

Aunque llegamos tarde, la profesora Rotkehl aún no había llegado. Al menos no la veíamos por ninguna parte. Fede no paraba de andar con Precioso en brazos de un lado para otro, como si temiera que nuestra profesora de Música pudiera salir en cualquier momento de un arbusto o deslizarse de un árbol para abalanzarse sobre él. Charly estaba sentado en el banco haciéndose el interesante mirando unas veces por los prismáticos y otras sacando fotos. Rabanito y yo nos sentamos a su lado. Esperaba que todo este circo acabara pronto y me pudiera ir a la cita con Santi.

Pero los minutos transcurrían y no pasaba nada. Consulté mi reloj. Ya eran casi las cuatro. Justo en el momento en que le quería proponer a Charly que nos olvidáramos del asunto, porque de todos modos la *profe* Rotkehl no iba a venir, escuchamos una voz susurrar desde el arbusto que había detrás de nosotros:

—Entrégueme al perro, que quiero echarle un vistazo, ¡pero no se vuelvan!

—¡Fede! —llamó Charly—. ¡Ven aquí, corre!

Éste se acercó en seguida.

—¿Qué pasa?

—Dame el perro. La profesora de Música está en el arbusto y quiere verlo.

—¿En el arbusto? ¡Eh, tío, eh! Quieres quedarte con…

—¡Deme inmediatamente el perro! —dijo una voz distorsionada en un tono algo más alto.

La voz sonaba realmente parecida a la de la profesora.

—¡Eh, tío, eh! ¡De eso ni hablar!

—¡Fede! —insistió Charly—. ¡Vas a entregarle el perro inmediatamente al arbusto!

—¡No lo haré!

—¡Claro que sí!

Seguramente habrían seguido así durante horas, si Precioso no les hubiera ahorrado esa decisión. Al parecer Fede no lo tenía tan bien sujeto como parecía, porque Precioso aprovechó la oportunidad y antes de que Fede pudiera evitarlo, saltó al arbusto.

Durante unos instantes nos quedamos todos petrificados, luego escuchamos fuertes ladridos y silbidos.

6
www.perros_y_gatos.com

Fede saltó de un brinco por encima del banco al arbusto. La profesora de Educación Física debería haberlo visto. Llevaba medio año intentando enseñarle saltar al potro sin éxito. Después de una breve pausa, llegaron hasta nosotros gritos contenidos provenientes del arbusto. Poco después, Fede volvió a aparecer con Precioso en una mano y con un cue-

llo de chaqueta en la otra, de la que colgaba la sonriente cara de Óliver. Los otros dos Bad Boys no tardaron en aparecer.

—¡Eh, tío, eh! —le gritó Fede a Charly—. ¡Aquí tienes a tu profesora Rotkehl!

Allí estaba Charly, con su chaqueta de camuflaje y su cámara de fotos en la mano, mirando atónito cómo Óliver, Simón y Javier hacían esfuerzos por contener la risa. Qué pena que no fuera yo la que tenía la cámara de fotos en la mano. Me hubiera gustado retratar la cara de Charly.

—¡Pero tú lo has visto! —se reía Simón—. ¡Qué pintas tiene! ¡Con cámara de fotos y prismáticos! ¡Me muero de la risa!

—¡Dejad inmediatamente de reíros! —les gritó Charly a los tres—. ¿Qué significa esto? ¡Entonces habéis sido vosotros los que nos enviasteis los mensajes!

—¡Bingo, acertaste! —dijo Javier mientras se limpiaba las lágrimas de los ojos—. Y vosotros habéis mordido el anzuelo, bien mordido. Sí, qué se le va a hacer si sois tontos.

¡Jolines! ¡Javier, Óliver y Simón! ¡Qué tonta! ¡Cómo no me había dado cuenta antes! Obviamente, esos tres habían estado muy atentos cuando Charly le contó a «Gran Siggi» lo de la banda de traficantes de animales.

Charly quiso lanzarse sobre Javier, pero yo se lo impedí. Una pelea en mitad del parque central era justo lo que me faltaba.

—Déjale. Con esto sólo conseguirás empeorar las cosas. Nos han engañado. Eso es algo que tendremos que asumir. La próxima vez nos tocará a nosotros —intenté convencerle, esperando que los Bad Boys se retiraran en seguida.

Me hicieron ese favor, pero no sin antes burlarse a voz en grito de nosotros. La cara de Charly se volvió intermitentemente roja y blanca. Yo le empujé con cuidado para que se sentara en el banco.

—Espero que después de esto por fin te vuelvas un poco más listo —dije sentándome a su lado.

—¿Más listo? —me preguntó—. ¿A qué te refieres?

—Me refiero a que no imagines un caso detrás

de cualquier tontería y a que dejes de ponernos a nosotros y a ti mismo en ridículo.

—Ah, o sea que yo te pongo en ridículo, ¿no?

—Sí, ¿tú qué crees? Mira con qué pintas vas por ahí, con tu chaqueta de *scout,* los prismáticos y la cámara de fotos. ¿Y todo esto para qué? ¡Para dejarte tomar el pelo por los Bad Boys!

Charly me miró furioso.

—Muchas gracias, Estefi. Muchas gracias por tus palabras de consuelo.

—¡Yo no estoy aquí para consolarte! —le grité.

—Eso ya lo sé yo —me respondió también gritando—. De todas formas últimamente te has vuelto muy rara. ¿Se puede saber qué te pasa?

Miré a mi hermano, pero éste no dijo nada. Esta vez, la discusión entre Charly y yo no pareció importarle mucho.

—Yo te explicaré lo que me pasa. ¡Pasa que toda esta parafernalia de la agencia de detectives empieza a hartarme! —le dije a Charly.

—¿Ah, sí? ¡Pues entonces lárgate! ¡Así ya no tendrás que soportarlo nunca más!

Eso no me lo dejé decir dos veces. Me levanté.

—De todas formas es mejor que me vaya ahora. Porque de lo contrario empezaré a decir cosas de las que después puedo arrepentirme.

Con ésas me di media vuelta y me fui dando grandes zancadas.

—¡Eh, tía, eh! —le escuché gritar a Fede tras de mí, pero no me giré.

Por lo que pude ver de reojo, no me seguían. Torcí dos o tres veces hasta llegar a un callejón y luego me paré. Efectivamente no había nadie a la vista. Suspiré profundamente. Hacía tiempo que Charly venía pidiendo a gritos un rapapolvo. Aunque también era cierto que hasta ahora me había divertido mucho con la banda de detectives. Incluso habíamos sido capaces de conseguir algunos pequeños logros, pero poco a poco él lo estaba estropeando. De modo que no le había venido mal un pequeño repaso para bajarle los humos. Además, así podría quedar con Santi sin tener que inventarme ninguna excusa.

Cogí el camino directo hacia el Cibercafé. Durante el trayecto, empecé a pensar que Charly me había contagiado su manía persecutoria.

Durante todo el rato, tuve la sensación de que me estaban siguiendo.

Un par de veces me paré para mirar a mi alrededor. Pero no vi a nadie sospechoso. Posiblemente la estúpida jugada de los Bad Boys y mi discusión con Charly habían hecho más mella en mí de lo que estaba dispuesta a admitir.

Santi ya estaba esperándome frente al Cibercafé. Nos alejamos un poco de allí, no quería que Miki me viese con él.

—¿Qué pasa? —me preguntó—. ¿Has traído el dinero?

—¿A ti sólo te interesa la pasta, o qué? —le pregunté sacando los billetes del bolsillo y poniéndoselos bajo las narices—. ¡Aquí están! ¿Satisfecho?

—Sí, claro. Pero debes entender que no puedo correr ningún riesgo encima de que te voy a conseguir un ordenador.

—¿Es que ya tienes uno? —le pregunté.

—No, todavía no. No creas que es tan fácil.

Además ni siquiera sé si podré pillar uno —dijo evasivamente.

—¿Pillar uno? ¿A qué te refieres? Pensaba que en vuestra tienda entraban a menudo aparatos con pequeños desperfectos. Además, dijiste que ibas a preguntarle a tu jefe si...

—Sí, ya lo sé —me interrumpió—. Aun así no puedo prometerte nada.

Estaba francamente decepcionada. Y el hecho de que Santi tal vez no pudiera conseguirme un ordenador barato no era ni siquiera lo peor. ¿Cabría la posibilidad de que finalmente no fuera tan *guay* como yo me había imaginado en un principio?

—¿Quieres que vuelva a llamarte por teléfono? —le pregunté.

—No, no, ya te llamaré yo cuando tenga algo para ti. Ahora he de irme.

—Entiendo —dije yo—. Seguramente tendrás otra reunión importante con tu jefe.

De camino a casa seguía estando furiosa con Santi. Si no era seguro que podía conseguir un aparato barato de su jefe, ¿por qué antes había actuado como si no hubiera ningún problema? Entre tanto, volví a repasar mentalmente lo que me había dicho. De algún modo había sonado todo un poco extraño. ¿Por qué tenía que «pillar» un aparato? Ahuyenté esos pensamientos en seguida. Seguramente, estaba empezando a ver fantasmas por culpa de las continuas persecuciones a delincuentes de Charly.

En los siguientes días parecía confirmarse lo que yo había temido. Santi no daba señales de vida. En cambio me volví a reconciliar con Charly, más mal que bien, pero al menos nos concedimos una tregua. Rabanito tampoco me volvió a preguntar por la llamada telefónica de Santi, ni quiso saber nada sobre cómo llevaba lo de conseguir un ordenador nuevo.

Pero lo que sí hizo fue preguntarle a Charly si no era mejor borrar la página web de Charly & Company. Temía que alguien pudiera volver a tomarnos el pelo. Pero Charly, lejos de aceptarlo, le dijo aquello que tantas veces le había oído decir:

—¡Ahora más que nunca!

Claro que al parecer nadie se interesaba por la página web.

Por más que Charly llamaba a Miki por teléfono, nunca había mensajes para nuestra agencia. Incluso los Bad Boys le dejaban ya en paz, si no contamos los continuos comentarios que soltaban durante nuestra clase de Internet con «el guapo de Gerardo». Éste seguía desesperado porque no avanzaba con su preciosa página web. Y la causa no era exclusivamente Charly.

De ese modo, todo fue transcurriendo con monotonía.

Pero esto cambió radicalmente cuando Nicole vino hacia nosotros en uno de los recreos, zarandeando un papel blanco en el aire.

—¡Tengo algo para vosotros! —vino diciendo desde lejos—. Miki me acaba de pasar una copia de un e-mail que habéis recibido. ¡Parece como si fuerais a recibir vuestro primer gran caso!

Si no hubiera sido porque ella venía sonriendo de esa forma tan extraña, seguramente me habría puesto igual de excitado que Charly.

—¿Un e-mail? ¿Un caso? ¿Para nosotros? ¿De qué clase de caso se trata? —preguntó nervioso.

—Toma, léelo tú mismo —contestó Nicole, que seguía sonriendo mientras le entregaba la copia.

Charly sostuvo el papel de forma que todos pudiéramos leerlo:

Para: macke@yahoo.com

De: bschulte@citiweb.com

Estimados detectives de Charly & Company:

He encontrado vuestra página web en Internet. Me alegraría mucho si pudierais ayudarme. Es que se me ha perdido mi pequeño gatito. Por favor, ayudadme a encontrarlo, ¡que lo quiero mucho!

Vuestra,

Berta Schulte

Teléfono: 948/769543

Nicole seguía a nuestro lado.

—Es una monada, ¿a que sí? ¿Queréis haceros cargo del caso? La pequeña Berta incluso ha dado un número de teléfono.

—Ya lo he visto —le bufó Charly—. Gracias, pero ya te puedes ir.

Nicole alzó los brazos.

—¡Ya me voy! Al fin y al cabo no quiero interrumpir vuestra reunión secreta.

Me preguntaba si las situaciones bochornosas con la agencia de detectives de Charly no iban a acabar nunca.

—¿Lo habrán vuelto a enviar los Bad Boys? —preguntó Rabanito.

Charly movió la cabeza negativamente.

—No lo creo. Ésos no vuelven a arriesgarse.

—¡Eh, tío, eh! ¿Y ahora qué hacemos con el gatito desaparecido?

—Qué vamos a hacer —contesté yo—. Naturalmente ayudaremos a esa pequeña. Así, para variar, podremos hacer algo útil.

—¡No tan deprisa, Estefi! —me interrumpió Charly—. No deberíamos precipitarnos.

—¿Y ahora qué significa esto? —preguntó Fede.

—Aunque no creo que lo hayan escrito los Bad Boys, podría tratarse de una trampa. ¡Pensadlo un momento! Un gato es un animal, aunque no sea escaso ni raro, pero un animal a fin de cuentas. Si esa banda que vende los animales en peligro de extinción ahora...

—¡No! —exclamé cortándole—. ¡Otra vez no! ¿Es que no vas a parar nunca con eso?

Charly se puso de morros.

—Me da igual lo que penséis sobre todo esto. Pero después de clase yo sin falta llamaré a este número desde una cabina telefónica. Vosotros decidís si estáis conmigo o no.

Tampoco esta vez dejamos a nuestro jefe solo con su acción. Posiblemente nos habíamos acostumbrado tanto a ello que no lo podíamos evitar. La cuestión es que, después de la última clase, los cuatro nos encontrábamos dentro de una cabina telefónica.

Charly carraspeó y después marcó el número que ponía en la copia del e-mail.

—Buenos días —dijo intentando que su voz sonase lo más grave posible—. Le habla la agencia de detectives Charly & Company. Usted nos ha enviado un e-mail. Eh, ¿no lo ha hecho? Pero si yo tengo aquí… ¿Cómo que seguros? Bueno, entonces muchas gracias. Adiós.

Al decir la última palabra su voz ya había vuelto a adquirir el tono normal.

—¿Y? ¿Qué ha pasado? —preguntó Rabanito.

Charly elevó las manos.

—Nada. Se ha puesto un hombre al teléfono. Y aunque contestó con el nombre de Schulte era bastante desagradable. Únicamente dijo que ni sabía nada de una agencia de detectives ni de un e-mail y que fuera a venderle mis seguros a otro; que era un truco demasiado estúpido.

La reacción de ese señor al otro lado de la línea me tranquilizó de alguna manera.

—Entonces ya se ha resuelto el caso, ¿no? —dije yo.

—¡Al contrario, Estefi! —exclamó Charly—. ¡Este caso acaba de empezar! Nos veremos esta tarde donde Precioso. Allí decidiremos lo que hay que hacer.

Yo tenía hambre y quería irme a mi casa, por eso no dije nada más, sino que prometí, al igual que Rabanito y Fede, estar por la tarde en el huerto de la tía Hilde.

Después de comer, Rabanito y yo nos retiramos a nuestras habitaciones para hacer nuestros deberes. Mamá y papá querían entretenerse un rato con las labores del jardín.

En un momento dado me entró sed y fui a la cocina. Me encontraba con el vaso lleno en mitad del recibidor cuando sonó el teléfono.

Cogí la llamada y pensé que me daba algo cuando escuché la voz de Santi. A veces el destino es misericordioso. Si no me hubiera entrado sed y hubiera ido a la cocina, podría haber cogido el teléfono mamá, o lo que hubiera sido aún peor, papá. Y en estos momentos lo último que necesitaba eran las crispantes preguntas de mis padres.

Por si acaso, volví con el teléfono a la cocina.

—Hola, Santi —dije en voz baja—. ¿Qué hay?

—Tengo un ordenador para ti. ¿Sigues queriendo uno?

7
www.gordi.com

—¡**Vaya** pregunta! —respondí yo—. Claro que sigo queriéndolo.

—Bien, entonces te lo llevaré ahora mismo.

Pensé en que al día siguiente papá tenía una conferencia y que mamá había quedado en verse con una amiga.

Por eso le pregunté:

—¿No puedes venir mejor mañana?

Quería sorprender a mis padres. Se iban a quedar boquiabiertos.

Volví a hurtadillas al recibidor y colgué silenciosamente el teléfono. ¿Acababa de oír la puerta de la habitación de Rabanito? No, me habría equivocado. ¡Era para volverse loco! Como esto siguiera así, me iban a tener que tratar por manía persecutoria.

De buen humor me puse en camino hacia el huerto junto con mi hermano. Ahora Charly podría hacer lo que quisiera que yo no iba a inmutarme por ello.

—He sacado la dirección del listín de teléfonos. Aunque hay bastantes Schulte, he podido dar finalmente con el número de teléfono correcto. Observaremos la casa sospechosa.

Así nos expuso Charly su plan genial.

—¡Eh, tío, eh! ¿No podrías inventarte algo nuevo para variar? —exclamó Fede.

—Ése sigue pareciéndome el método más seguro para averiguar cosas sobre cualquier sospechoso —contestó Charly—. Si nos quieren tender una trampa, estaremos preparados.

—¡Dios mío, Charly! —dije desesperada—. ¿Por qué siempre crees que alguien te quiere tender una trampa? ¡Déjanos ir simplemente a ver a esa niña y a ayudarla a buscar su gatito!

—Ya, ¿y qué pasa con los Bad Boys y la profesora Rotkehl? ¿Acaso ésos no nos tendieron una trampa?

—Ésos no nos tendieron una trampa —respondió Rabanito—. Sino que nos tomaron el pelo.

—¡Vosotros podéis decir lo que queráis! —exclamó Charly—. ¡Pero ahora vamos a ir sin falta a esa casa y la vamos a vigilar!

—¡De eso nada! ¡No lo haremos! —exclamé yo.

—¡Ya lo creo que lo haremos!

—¡No!

—¡Sí!

Inspiré profundamente. Hacía tan sólo unos minutos me había propuesto no inmutarme, pero no sé cómo Charly al final siempre consigue sacarme de mis casillas. Pensé en mi nuevo ordenador y volví a calmarme un poco.

—Entonces, ¿qué? —preguntó Charly.

—¿Qué tal si vamos a esa casa, la observamos unos minutos y, si no ocurre nada extraordinario, vamos y buscamos el gatito?

—Una hora —dijo Charly después de titubear un poco.

—¿Por qué no nos ponemos en marcha? —opinó Rabanito—. Porque a este paso, si seguimos aquí mucho más rato, se nos habrá hecho la hora de volver a casa sin haber empezado siquiera.

—¿Hoy no te has traído tus prismáticos ni tu máquina de fotos? —le pregunté a Charly.

Charly metió la mano en el bolsillo y sacó una libretita.

—Hoy únicamente tomaré notas. Con eso será suficiente.

La niña que nos había enviado el e-mail vivía en una pequeña casa unifamiliar parecida a la nuestra. Estaba en una parte de la ciudad donde casi ex-

clusivamente había este tipo de casitas, con calles tranquilas y bonitos jardines. Aquí seguro que no operaba ninguna banda dispuesta a vender animales extraños. Aun así acepté mi destino con un suspiro y busqué junto a los demás un escondite que fuese adecuado para vigilar la casa discretamente. Después de mucho buscar, por fin dimos con él.

Charly sacó entonces su bloc de notas del bolsillo y comenzó a escribir apresuradamente. Yo le miré por encima del hombro para ver lo que estaba anotando:

Caso: Banda ilegal de tráfico de animales
Fecha: 24 de septiembre
Hora: 16:12 horas
Lugar: Calle Schumann, nº 15
Descripción: Los conspiradores se encuentran en una casa pequeña y cuidada con garaje y jardín. Delante de la casa hay un coche aparcado.
Actividades: Todo está tranquilo, no hay personas sospechosas.

Charly tenía razón en una cosa. Todo estaba tranquilo, muy tranquilo. Ni siquiera paseaba nadie por las calles. Noté que aquella situación torturaba especialmente a Charly, pues no tenía nada en absoluto que poder anotar.

Yo consulté mi reloj. Llevábamos ya veinte minutos sentados en el arbusto, las hormigas no paraban de trepar por mi cuerpo y comenzaba a dolerme la espalda.

—Vámonos de aquí de una vez y llamemos a la puerta —protesté.

—¡Eh, tío, eh! Yo también voto por eso. Precioso empieza a aburrirse.

De repente, Charly se estremeció.

—¡Ahí! ¡Ahí! —exclamó señalando hacia la casa. Luego empezó a escribir como un loco.

Efectivamente, se había abierto la puerta y un hombre salió por ella. Su aspecto era completamente normal, casi como el de papá, y llevaba una cartera bajo el brazo. Sin mirar ni a izquierda ni a derecha, se dirigió a su coche, se subió y se marchó.

Charly seguía escribiendo:

Hora: 16:33 horas

Observación: Sospechoso abandona la casa. Se sube rápidamente a su coche y se marcha. Lo hace con la cabeza agachada, como si no quisiera que le reconocieran. Lleva consigo una cartera. Contenido desconocido, pero sospechoso. Posiblemente documentos sobre tráfico ilegal de animales.

No dije nada sobre esto. Que escribiera lo que le diera la gana. Yo iba a tener un ordenador nuevo, así que ese día no iba a alterarme por nada más.

—¿Podemos irnos ya de una vez? —susurró Fede—. Precioso se ha hecho pis en mis pantalones.

—Sólo un par de minutos más —contestó Charly—. Tal vez ocurra algo ahora.

—Yo me voy a preguntar por el gatito. Y tú, si quieres, te puedes quedar aquí —dije y me levanté.

Crucé la calle y me dirigí a la casa. Fede, Rabanito y Precioso vinieron detrás de mí, y Charly finalmente también.

Antes de que Charly pudiera protestar o hacer

alguna de las suyas, pulsé el timbre que había junto a la puerta. Poco después, abrió una mujer. Ella también tenía un aspecto completamente normal, un poco como mamá. Charly casi se fractura el cuello de los esfuerzos que hizo para mirar por detrás de la mujer al interior de la casa. Seguramente esperaba encontrar allí todo un zoológico de animales en peligro de extinción, que aguardaban ansiosos ser rescatados por él.

—Venimos por lo del e-mail que usted nos ha enviado —comencé a decir.

—Quisiéramos hacerle unas preguntas al respecto —me interrumpió Charly, mientras tomaba notas.

—¿Un e-mail? —preguntó la señora.

—El gatito desaparecido —contestó Rabanito—. Somos de la agencia de detectives Charly & Company.

—¡Yo soy Charly! —exclamó Charly.

La cara de la mujer se iluminó.

—¡Ah, sois vosotros! ¡Qué detalle que hayáis venido! ¡Berta! ¡Ven un momento! ¡Han venido los niños que quieren ayudarte a buscar a tu gatito!

En ese mismo instante vino una niña pequeña corriendo hacia nosotros. No tenía más de cinco años.

—¿Ha vuelto Gordi? —preguntó.

—No, cariño —contestó su madre—. Pero aquí hay unos niños que quieren ayudarte a encontrarlo.

La pequeña frenó en seco ante nosotros y se nos quedó mirando con los ojos muy abiertos.

—Pero primero entrad, por favor —dijo la madre de Berta retirándose un paso hacia un lado para dejarnos pasar.

Entonces entramos en la casa. Bueno, antes Charly se dio de bruces contra el marco de la puerta, porque iba sin mirar por dónde pisaba tomando notas sin parar.

—Fui yo misma la que encontró vuestra página web —nos dijo la señora cuando estuvimos sentados en el salón—. Fue más bien una casualidad. Pero como el gatito de Berta lleva ya casi una semana desaparecido, pensé que tal vez vosotros nos podríais ayudar.

—¡Gordi ya no está! —dijo Berta.

—Sí, eso ya lo he anotado —contestó Charly—. Entonces quiere usted contratarnos para que hagamos averiguaciones sobre el paradero de ese gatito llamado Gordi, ¿no es así?

—Eh, sí, seríais muy amables si pudierais ayudar a mi pequeña a encontrar su gatito.

—¡Eh, tía, eh! —exclamó Fede—. Claro que sí.

—No se preocupe, lo encontraremos, ¿verdad? —añadí yo dándole un codazo a Charly en el costado.

—No habrá ningún problema —gruñó éste—. Hasta ahora siempre hemos resuelto todos los casos.

La madre de Berta se puso muy contenta.

—¡Me alegra oír eso! ¿Y qué es lo que vais a hacer ahora?

—Buscaremos el gatito —contestó Rabanito.

—Por desgracia el asunto no es tan fácil —intervino Charly—. En primer lugar necesitamos información más detallada sobre la persona, quiero decir sobre el gatito desaparecido.

—Está bien —dijo la madre de Berta con una leve sonrisa—. ¿Qué es lo que quieres saber?

—¿Cuál es el nombre del gatito?

—Gordi.

Charly lo anoto.

—¿Es macho o hembra?

—Macho.

—¿Puede usted decirnos algo sobre las características de comportamiento del gatito?

—¿Cómo dices? —preguntó la madre de Berta.

—Bueno, ¿qué es lo que hacía?

—Pues lo que suelen hacer todos los gatos. Dormir, comer y jugar.

—¿Y dónde?

—Por toda la casa y en el jardín.

Charly suspiró.

—¿Podría usted ser algo más precisa?

—¿Sabes qué? —le contestó la madre de Berta—. Creo que lo mejor será que Berta te enseñe los lugares preferidos de Gordi. Berta, ¿quieres enseñarle a este chico dónde jugaba Gordi?

La pequeña Berta se acercó a Charly, le cogió

de la mano, le hizo levantar y se lo llevó de la habitación. Charly nos miró para pedir ayuda, pero desgraciadamente nosotros no podíamos hacer nada.

Cuando Charly y Berta volvieron de su ronda de investigación por los lugares preferidos de Gordi, yo ya iba por el segundo vaso de cacao y me había comido al menos diez trozos de chocolate. Charly tenía la cara colorada como un tomate y en su frente había gotas de sudor.

—¡Le he enseñado todo, todo! —dijo Berta satisfecha—. ¡Y luego hemos jugado con mis muñecas!

—¡Eh, tío, eh! Te lo habrás pasado en grande, ¿eh, Charly? —dijo Fede con la boca llena.

Charly carraspeó un poco.

—Diría que nos llevamos bien. Bueno, ahora tengo que trazar un plan.

—¿Cuándo vais a volver? —preguntó la mamá de Berta.

—Mañana, mañana —contestó Charly.

—¡Entonces, podremos jugar otra vez! —se alegró Berta.

—Por cierto, ¿este perro es vuestro? —pre-

guntó la madre de Berta, cuando ya estábamos a punto de marcharnos.

—¿Por qué quiere saberlo? —respondió Fede.

—Estoy pensando que si no conseguís encontrar a Gordi, podría comprarle a Berta uno como éste. Me parece muy gracioso.

—A éste ya lo ofrecimos hace unos días, pero creo que al final nos lo vamos a quedar —dije yo.

—Ya veremos —gruñó Charly.

—¡Eh, tío, eh! —se enfadó Fede, ya de camino a casa—. Si vuelve a decir alguien que quiere comprar a Precioso, entonces, entonces...

—Fede, cierra el pico —le cortó Charly.

—¿Me enseñas tus anotaciones? —le pregunté a nuestro jefe.

—No.

—¿Tienes ya algún plan de cómo encontrar a Gordi? —preguntó entonces Rabanito.

—¡Aún tengo que pensarlo!

Dejamos que Charly se adelantara un poco, para que pudiera idear tranquilamente su plan, y para que no se diera cuenta de que nos estábamos burlando de él.

8
www.ordenador.com

Charly no sería nuestro jefe de siempre si al día siguiente no hubiera recuperado nuevamente el ánimo. Para él, un caso era caso, ya se tratara de una banda de traficantes de animales, de un robo de banco o de un gatito desaparecido. Y lo que quería era resolverlo.

—Creo que deberíamos consultar a un experto —nos explicó a la mañana siguiente en el patio del colegio.

—¿Y en quién has pensado? —le pregunté.

—Acuérdate de nuestro último caso —me contestó.

—¡Eh, tío, eh! ¡La señora Pedel!

Fede tenía razón. La señora Pedel es la madre de nuestro conserje. Hace muy poco que se hizo cargo de la tienda de comestibles que hay cerca del colegio. Nosotros vamos algunas veces allí después de clase a tomarnos una Coca-Cola. La señora Pedel incluso nos ofreció una vez trabajar con ella si queríamos mejorar un poco nuestra paga. Pero hasta ahora no hemos tenido tiempo. Ella es una señora mayor, muy amable, y tiene cantidad de gatos, a los que ama por encima de todo.

—Al fin y al cabo, la señora Pedel tiene experiencia con gatos —dijo Charly—. Seguro que ella sabrá darnos alguna pista sobre dónde puede encontrarse el gatito de la pequeña Berta. Deberíamos hacerle una visita nada más salir de clase.

Cuando llegamos a su tienda, la señora Pedel pareció alegrarse sinceramente. Como siempre, llevaba a uno de sus gatos en brazos. Al parecer, Fede no era el único que transportaba su mascota a cuestas a todas horas.

—¡Ésta sí que es una sorpresa! ¡Hacía mucho que no os veía! —exclamó.

—Hemos estado muy ocupados —dijo Charly haciéndose el importante.

—¿Qué puedo hacer por vosotros? ¿Dos Coca-Colas con cuatro pajitas, como siempre?

—Sí, gracias —contesté yo—. Pero también queríamos preguntarle algo.

—¿Qué es lo que queréis saber?

—Se trata de sus gatos —dijo Charly.

—¿Qué pasa con mis gatos? —exclamó la señora Pedel sujetando un poco más fuerte a su amor.

—Es que nos han pedido que encontremos un gatito que pertenece a una niña pequeña y que hace más de una semana que ha desaparecido —dijo Rabanito.

—Exacto —le interrumpió Charly—. Y hemos pensado que tal vez usted pueda darnos alguna pista sobre el paradero del animal.

—¡Yo no lo tengo! —exclamó la señora Pedel.

—¡Eh, tía, eh! Si él no se refería a eso. Es que Charly siempre se explica un poco mal. Sólo queremos saber si usted se imagina lo que le ha podido ocurrir al gatito. Al fin y al cabo usted tiene experiencia con estos animales.

—Ah, bueno —dijo la señora Pedel; su alivio era claramente visible—. ¿Qué edad tiene el animal?

Charly se encogió de hombros.

—Eso no lo sabemos con exactitud. Pero al parecer es aún bastante jovencito.

La señora Pedel balanceó la cabeza de un lado a otro.

—Eso no es bueno. Desgraciadamente, eso no es nada bueno.

—¿Qué quiere decir con eso? —le pregunté yo.

—En realidad uno no tiene que preocuparse por los gatos cuando éstos desaparecen por un tiempo. De vez en cuando lo necesitan. Además, son solitarios y saben cuidar muy bien de sí mismos. Claro que con eso únicamente me refiero a los gatos adultos. Cuando todavía son muy jóvenes, aún no han aprendido a cazar y entonces, puede ocurrir que uno de esos pobres cachorritos se muera de hambre.

—¡Espero que no! ¡Pobre Berta! —exclamó Rabanito.

—¡Eh, tíos, eh! ¡Si eso ocurre, se querrá quedar con Precioso!

—¿Precioso? —preguntó la señora Pedel—. ¿Ése no es vuestro perro?

—Sí. ¿Por qué lo pregunta?

—Es que se me acaba de ocurrir una idea. Como sabéis vuestro perro se pone bastante nervioso cuando ve a un gato. Eso podríais aprovecharlo. Dejadle que él busque al gatito. Si no está demasiado lejos, seguro que lo encontrará.

A mí me pareció una idea estupenda. La señora Pedel y nosotros teníamos experiencia en las reacciones de Precioso ante los gatos.

Le dimos las gracias a la señora Pedel y pagamos nuestras Coca-Colas.

—Y cuando queráis ganaros un dinerillo extra, ¡ya sabéis que podéis venir aquí a ayudarme! ¡Yo lo agradecería! —exclamó tras nosotros, cuando ya nos habíamos alejado un buen trecho.

Fede estaba visiblemente satisfecho. Por fin Precioso iba a jugar el papel que, según él, le correspondía.

—Seguro que Precioso encuentra al gatito. ¡Es un perro extraordinariamente inteligente! Pero como a mí nadie nunca me hace caso...

—Fede, vuelve a la tierra —dijo Charly—. Mañana pondremos a Precioso sobre la pista del gatito y entonces ya veremos lo que pasa.

—¿Mañana? ¿Pero no le dijiste a la madre de Berta que iríamos hoy? —pregunté yo.

—Hoy no puedo. En cuanto llegue a casa llamaré por teléfono para avisar de que iremos mañana.

—¿Tienes algún plan para hoy? —le pregunté.

—Sí.

—¿Y cuál es?

—Eso no es de tu incumbencia. La cuestión es que esta tarde no podemos quedar.

En realidad a mí me venía muy bien, porque esa tarde Santi iba a pasarse por mi casa a traerme el nuevo ordenador. Aunque por otra parte, me preguntaba si Charly nos ocultaba algo importante. Porque eso no me habría gustado.

Ese día papá tenía varias conferencias, y me había dicho que llegaría muy tarde a casa.

Después de comer, mamá se encerró primero en el cuarto de baño y luego en su dormitorio para arreglarse, pues iba a visitar a una amiga. Tardó una eternidad. Por suerte, cuando por fin se marchó, Santi aún no había llegado. Así que ya sólo quedaba Rabanito. Crucé los dedos para que se quedara todo el tiempo en su habitación. Pero en realidad si me pescaba con Santi y el ordenador tampoco sería tan grave, ya que la sorpresa seguiría siendo eso, una sorpresa.

Me puse frente a la ventana y miré hacia la calle. No quería perderme la llegada de Santi de ningún modo.

—¿Estás esperando a alguien? —escuché de repente tras de mí.

Me giré. Era Rabanito y llevaba puestos los zapatos y la chaqueta.

—¿Te vas? —le contesté.

—Sí.

—¿Y adónde si puede saberse?

—Sólo voy a dar un paseo.

¡Mi hermano se iba a pasear! Eso era toda una novedad. Pero a mí me pareció bien, así estaría sola cuando llegara mi nuevo ordenador.

Consulté mi reloj. Ya se había hecho bastante tarde. ¡Una idea horrible me vino a la mente! ¿Por qué estaba tan convencida de que Santi realmente iba a venir? ¿Qué ocurriría si me daba plantón?

El tiempo pasaba a cámara lenta. Mamá y Rabanito llevaban ya un buen rato fuera. Si Santi no llegaba en seguida, podía empezar a olvidarme de la sorpresa.

Por fin una pequeña furgoneta paró delante de

nuestra casa. No llevaba ninguna inscripción. Cuando vi que era Santi el que se bajaba de la camioneta, se me quitó un peso de encima. Él miró a su alrededor como si estuviera buscando algo. Yo fui corriendo a la puerta de la entrada y la abrí de golpe.

—¡Por aquí! —exclamé—. ¿Has traído el ordenador?

—¡Sí! Pero no grites tanto, que puede oírte todo el mundo.

—¡Y qué! —le contesté riéndome—. Por mí puede enterarse todo el mundo de que me traen un ordenador nuevo.

—¿Tienes el dinero? —me preguntó

—Sí, claro.

Santi abrió la puerta trasera y tiró de una caja grande.

—Ven, ayúdame, rápido. Tengo que darme prisa.

Llevamos el ordenador a mi habitación, y más tarde, saqué el dinero del cajón de mi escritorio. Santi me lo quitó literalmente de las manos, lo contó con mucha prisa y se lo guardó en el bolsillo.

—Bueno, entonces ya está todo arreglado. Y ahora tengo que irme —dijo.

—¿No quieres llevarte mi viejo ordenador? —exclamé, cuando ya casi estaba fuera de mi habitación.

—Ah, sí, claro. Casi se me olvida.

Bajamos mi viejo ordenador por la escalera y luego lo cargamos en la furgoneta.

Se despidió rápidamente de mí y arrancó a la velocidad del rayo.

La verdad es que me pareció algo extraño. ¿Por qué tendría tanta prisa? Aparte de mi ordenador, la furgoneta estaba vacía. De modo que no creo que tuviese que hacer ninguna entrega más a otros clientes. Además, me había dado la impresión de que iba bastante acelerado. Con un movimiento de cabeza, alejé mis pensamientos. ¡Yo tenía lo que quería! ¿Por qué iba a seguir preocupándome por Santi?

Pasé el resto de la tarde montando e instalando mi ordenador. Mientras tanto, en algún momento, volvieron primero Rabanito y después mamá. Por suerte no me molestaron. Están acostumbrados a que pase las horas muertas en mi habitación sentada frente al ordenador. Algo más tarde oí llegar a mi padre, y cenamos todos juntos. Desgraciadamente aún no había terminado del todo con la instalación, si no les habría servido mi ordenador de postre.

Después de cenar volví en seguida a mi habitación. Cuando por fin terminé de instalar y configurarlo todo como yo lo quería, ya se había hecho muy tarde. Mamá y papá estaban en el salón viendo la televisión. A Rabanito ni se le oía, a lo mejor ya estaba durmiendo. Así que la sorpresa tendría que esperar al día siguiente.

Volví a comprobarlo todo. ¡Era un sueño! Con este ordenador iba a poder, por fin, navegar por Internet.

A la mañana siguiente, papá estaba de mal humor. El día anterior no había podido dar una de las conferencias porque se le había hecho muy tarde. Así que tenía que darla hoy. De modo que nuevamente llegaría tarde a casa. En realidad no me importó. Podía esperar. Además, por la noche seguro que ya estaría de mejor humor. Después de la cena, les presentaría mi nueva adquisición.

Me fui al colegio más alegre de lo habitual. Creo que incluso iba cantando por el camino. Hasta deseaba ver a Charly y oír sus descabellados planes. Estaba intrigada por conocer cómo iba a poner a Precioso sobre la pista del gatito.

Claro que nuestro jefe no estaba demasiado convencido de que Precioso fuese capaz de resolver esa tarea. Evidentemente, Fede opinaba todo lo contrario. Discutieron sobre ello en todos los recreos, después del colegio e incluso de camino a casa de Berta.

—¿Jugamos otra vez? —le dijo la pequeña Berta a nuestro jefe en cuanto su madre nos abrió la puerta.

—Eh, no, porque queremos encontrar a tu pequeño gatito, ¿verdad que sí?

—Pero después seguro que Charly juega contigo —dijo Fede.

—Lo que más le gusta es pasear con un cochecito de muñecas —añadí yo.

—¡Sí, qué bien! ¡Yo tengo un cochecito! —se alegró la pequeña amiga de Charly.

—¡Muy graciosa! —me bufó Charly.

Pero en seguida se volvió a concentrar en su caso. Le explicó a la madre de Berta su plan.

Finalmente nos dirigimos al jardín de la pequeña casa. Fede bajó con cuidado a Precioso y lo depositó en el césped. Allí es donde se había visto a Gordi por última vez. Berta, su madre y la plantilla completa de Charly & Company rodeamos a nuestro pequeño perro y lo miramos con expectación.

—¿Y ahora qué? —preguntó Rabanito.

—Tenemos que hacerle entender de alguna manera lo que tiene que hacer —dijo Charly con el ceño fruncido.

—¡Eh, tío, eh! ¿Cómo que «de alguna manera»? ¡Se lo decimos y ya está! Ya lo entenderá.

Fede se puso de rodillas y acercó su cara muy cerca de la nariz brillante de Precioso.

—Venga, pequeñín. Ahora te toca a ti. Ya sabes de qué se trata. La pequeña Berta echa de menos a su gatito y tú tienes que encontrarlo. ¡Ahora Precioso! ¡Busca a Gordi!

Precioso le dio un lametazo a Fede por toda la cara. Éste se limpió las babas con la manga sin pensárselo mucho.

—¡Precioso, serás marrano! ¡No te he dicho que me des un lametazo, sino que busques un gatito!

Precioso miró a Fede, movía contento su rabo, silbó por su dentadura mellada una vez con un silbido muy corto, y otra vez, con uno muy largo, y se quedó tan quieto como un pasmarote.

—¿Eso qué era, un SOS? —preguntó Rabanito.

—¡Eh, tío, eh! —le reprendió Fede—. ¡Decir tonterías lo sabe hacer cualquiera!

—Así no vamos a ninguna parte —intervino nuestro jefe—. Tenemos que darle algo para que pueda olfatear una pista.

—¿Tal vez un juguete? —preguntó la madre de Berta.

—Exacto. Pero que no sea comestible. Sólo tiene que olerlo, no comérselo.

La madre de Berta asintió y desapareció en el

interior de la casa. Cuando poco después volvió a aparecer, llevaba una pequeña pelota roja en la mano.

—Gordi siempre jugaba con ella. Es de goma —dijo.

Fede cogió la pelota y se la puso a Precioso delante de la nariz. Éste, primero la olfateó, y después, le dio un bocado y la hizo desaparecer en el interior de sus fauces. Al parecer las pelotas de goma también formaban parte de su menú.

Fede se abalanzó sobre él e intentó quitarle la pelota, la pequeña Berta comenzó a gritar de forma exagerada, y Charly a voz en grito dijo que Precioso era el perro más tonto y más tragón que había visto en su vida. Mientras tanto Rabanito y yo nos tronchábamos de la risa.

Había sucedido lo que siempre ocurría cuando Charly & Company se disponía a resolver un caso.

—Me doy por vencido —dijo Charly cuando Fede consiguió arrebatarle a Precioso la pelota favorita de Gordi.

—¿Quiere eso decir que no vais a encontrar al gatito? —preguntó la madre de Berta.

Charly se encogió de hombros.

—A mí ya se me han agotado las ideas. Y sobre las facultades de nuestro perro no hará falta que pierda ni un segundo más, ¿no?

Para la pequeña Berta ésa fue la gota que colmó el vaso. Empezó a llorar tan fuerte y tan desesperadamente, como sólo las niñas pequeñas saben hacer, que se nos partió el corazón.

—¡Quiero que vuelva mi Gordi! ¡Que busquen a mi Gordi! —sollozó.

Su madre se arrodillo frente a ella y le acarició la cabeza.

—Cariño, ellos tampoco pueden encontrarlo. Seguramente Gordi ya estará muy lejos. Pero podemos comprarte otro gatito.

—¡Yo no quiero otro ga-ga-tito! ¡Quiero a mi Gogordi!

—O si quieres te compramos este pequeño perro que han traído los niños. Mira qué gracioso es.

—¡Eh, tía, eh! —dijo Fede.

—¡Yo no quiero ningún pe-perro! ¡Quiero a mi Go-gordi! —respondió Berta.

De repente la pequeña se abalanzó sobre Precioso, como si éste fuera el culpable de la desaparición de su gato. Nuestro perro se dio cuenta en seguida del peligro, y saltó rápidamente por encima de la valla del jardín. Entonces frenó en seco y comenzó a aullar frente a la puerta de la casa de los vecinos, como si quisiera ponerse a salvo de algo.

9
www.sorpresa.com

—¡Ahí vive mi amiga Maica! —exclamó Berta.

La mamá de Berta se quedó en silencio un momento y se golpeó la frente con la mano.

—Me parece que ya sé lo que ha podido pasar.

En dos zancadas alcanzó la puerta de la casa de sus vecinos y llamó al timbre. Poco después apareció una señora en la puerta.

—¡Ésa es la mamá de Maica! —exclamó Berta.

Se nos quedó mirando, muy asustada, como si temiera que fuéramos a atracarla.

—¿Ha pasado algo? —preguntó.

—No, no ha pasado nada. Sólo quería preguntarle si tiene usted desde hace poco un gatito.

—¡Sí! —contestó la mamá de Maica—. ¿Cómo lo ha sabido? Maica vino hace unos días con él. Dijo que se lo había encontrado. Pero yo no le permití que lo tuviese suelto por el jardín.

Antes de que nos pudiéramos dar cuenta, Berta esquivó a la mamá de Maica y entró en la casa, seguida por Precioso. Instantes después se escucharon fuertes ruidos de pelea desde una de las habitaciones.

Las dos mamás y nosotros corrimos al interior de la casa, para intentar evitar lo que nos temíamos que ya estaba ocurriendo.

La habitación que parecía ser de Maica, ahora se asemejaba más a un campo de batalla. Las dos niñas y un gatito pequeño estaban enredadas como un rebujo y se revolcaban en el suelo. Precioso no paraba de saltar, ladrar y silbar a su alrededor.

—¡Quiere quitarme a mi Peluchín! —gritaba Maica.

—¡No es tu Peluchín, sino mi Gordi! —replicaba Berta.

Después de un interrogatorio intensivo y gracias a algunas marcas inequívocas, fue muy sencillo para Charly determinar la identidad del gatito. Poco

después, Peluchín fue claramente identificado como Gordi.

Lo que siguió fue una dramática escena de despedida entre Peluchín y Maica y una enternecedora escena de bienvenida entre Gordi y Berta. Ambas fueron igual de desgarradoras.

—¡Quiero que me devuelva a mi Peluchín! —gritaba Maica, mientras abandonábamos la casa rápidamente.

—Eso no puede ser —intentaba consolar la mamá de Maica a su hija—. El gatito es de Berta.

—¡Entonces quiero ese perro! —gritó Maica señalando a Precioso.

—Tal vez este perro esté en venta —dijo la mamá de Berta.

—¡No, no lo está! —exclamé yo rápidamente, antes de que Fede comenzara nuevamente a protestar.

Cuando por fin llegamos al exterior de la casa, escuchamos otra vez el grito desgarrador de auxilio de Maica:

—¡Quiero que me devuelva a mi Pe-peluchín!

Nosotros decidimos que el caso estaba cerrado y dejamos que el resto lo solucionaran Berta, Maica y sus respectivas mamás.

Pero la mamá de Berta aún nos tenía preparada una sorpresa. Entró en su casa y volvió a salir con una fuente que desprendía un olor delicioso.

—En realidad, esto nos lo íbamos a comer esta noche para cenar —dijo ella, depositando la fuente en el suelo ante Precioso—, pero creo que te has ganado una recompensa.

Precioso hizo lo que hace normalmente con todo lo comestible: se lo zampó en un tiempo récord.

—¡Eh, tía, eh! —exclamó Fede—. ¡Eso sí que es un detalle! Muchas gracias.

—Y como es natural, vosotros también vais a recibir vuestros honorarios —dijo, y volvió a desaparecer en el interior de la casa.

Charly me dio suavemente con el codo en un costado.

—¡Vamos a recibir nuestros honorarios! —dijo inflándose como un pavo real—. Esto ha merecido la pena, ¿a que sí?

Cuando volvió la mamá de Berta, llevaba algo en la mano.

—Aquí tenéis, una tableta de chocolate para cada uno —dijo.

—¡Oh! ¡Moca! ¡Es el que más me gusta! —exclamó Fede, y cogió uno.

Después de que recibiéramos también Charly, Rabanito y yo nuestra ración de chocolate, nos despedimos de nuestros satisfechos clientes.

Charly seguía sosteniendo su tableta de chocolate en la mano y mirándola sin podérselo creer.

—Chocolate —dijo en voz baja—. Nos han dado una tableta de chocolate como honorario.

—¡Es mejor que nada! —exclamó Fede masticando—. ¡Además está buenísimo!

—¡Eres idéntico a tu perro! —le recriminó Charly.

Había sido un día estupendo. Charly y Fede discutieron, como casi todos los días, sobre las cualidades de Precioso; habíamos resuelto nuestro primer caso remunerado, y con ello incluso habíamos hecho una buena obra. Si encima conseguía sorprender a mi familia con mi nuevo ordenador, el día iba a resultar perfecto.

Pero cuando a uno le esperan sus padres delante de la puerta de casa, eso, precisamente, no suele ser una buena señal. Debería haberlo sospechado en cuanto vi la cara de papá.

—Parece como si nos estuviera esperando —dijo Rabanito.

—Es posible, pero tal vez sólo esté tomando un poco el fresco —contesté yo quitándole importancia.

Comprobé lo equivocada que estaba, cuando nos acercamos lo suficiente como para oír a papá.

—¡Qué bien que hayáis llegado! —exclamó—. ¡Estefanía, tengo que hablar inmediatamente contigo!

¡Oh, oh! Eso no sonaba nada bien. Mientras nos fuimos acercando hasta él, no dejé de estrujarme los sesos pensando qué había hecho mal, pero no se me ocurría nada.

—Ven ahora mismo conmigo arriba —dijo papá con voz gélida.

Mientras Rabanito y yo subíamos tras él por la escalera, empecé a temer cuál podría ser el problema. Y cuando finalmente vi a mi madre con los brazos cruzados ante la puerta de mi habitación, mi temor se convirtió en certeza.

—Estefanía —dijo mi madre señalando hacia el interior de mi habitación—. ¿Qué ordenador es éste?

—¿Has estado en mi habitación? —exclamé yo.

Normalmente no lo hace nunca. Siempre dice

que nosotros también necesitamos tener nuestra propia intimidad.

—Qué remedio. Hace ya varios días que tenemos tu ropa limpia rodando por nuestra habitación. Como tú no la recogías, quise dejártela al menos encima de tu cama.

—Fue entonces cuando mamá descubrió este ordenador —añadió papá—. Y ahora quiero saber de dónde lo has sacado.

—El ordenador lo he comprado —dije casi en tono testarudo—. ¡Con mi dinero!

Estaba enfadada porque me habían estropeado mi bonita sorpresa.

—¿Y dónde está el viejo? —preguntó mamá.

—¡Lo he entregado a cambio!

Mamá y papá se miraron como diciendo: «Qué-es-lo-que-habremos-hecho-mal».

—Vamos todos al salón —dijo papá entonces—. Ahora quiero saber exactamente qué es lo que hay detrás de todo esto.

—¿Puedo quedarme en mi habitación? —preguntó Rabanito.

—¿Tú no sabías nada de esto? —le preguntó mamá.

—Ella no me contó nada.

—Es cierto —dije yo.

—Está bien —contestó papá—. En ese caso por mí puedes quedarte en tu habitación. Te llamaremos cuando esté lista la cena, aunque la verdad es que se me ha quitado el apetito.

De modo que mi hermano no iba a serme de gran ayuda. No podía reprochárselo. Al fin y al cabo me lo había buscado yo solita, así que tendría que correr también yo sola con las consecuencias, como se suele decir en estos casos.

—Estefanía —dijo papá cuando ya estábamos sentados en el salón—, sabes que nosotros siempre os hemos educado a ti y a tu hermano para que seáis lo más independientes posible. Mamá y yo nos alegramos cuando os hacéis cargo de vuestros problemas y los solucionáis vosotros solos.

En esos momentos podía imaginarme muy bien a mi padre como profesor.

—Pero aun así no puede ser que te compres

un ordenador tan caro y no nos informes —añadió mamá.

—¡Pero si yo os lo pregunté! —exclamé yo—. Y vosotros me dijisteis que no queríais comprarme uno nuevo.

—Nosotros no queríamos volver a gastar tanto dinero en un nuevo ordenador —dijo papá—. Pero eso no significa que puedas salir tú solita corriendo y comprártelo.

—Además, ¿eso está permitido? —preguntó mamá—. Estefanía es todavía demasiado joven para poder realizar este tipo de transacciones. El contrato de compra se podrá anular, ¿no?

Papa asintió.

—Seguramente, pero si ella lo ha comprado debidamente y lo ha pagado con su dinero, no veo necesidad de reclamar.

¡Eso es! Todo esto estaba tomando ya otro color.

—Lo he comprado debidamente, papá, ¡de verdad!

—¿Y sólo con tus ahorros y el ordenador viejo

tuviste suficiente? Si estos aparatos normalmente suelen ser mucho más caros.

—Es un aparato con tara. Por eso es más barato.

—¿Con tara? —exclamó mamá—. ¿Quiere eso decir que el ordenador ni siquiera funciona?

—Sí, claro que funciona. Yo misma lo he probado. La tara es sólo externa, como arañazos o cosas por el estilo.

—Pues yo no he visto que tuviera arañazos.

—Tal vez sólo sean arañazos pequeños. Igual eso ya es suficiente para bajar el precio —dije yo.

—¿Y cómo se llama el distribuidor al que se lo has comprado? —preguntó papá.

—Pues es que eso no lo sé muy bien —contesté titubeando—. Se lo he comprado a alguien que trabaja con un distribuidor. Lo conocí en un Cibercafé.

—¿Cibercafé? —exclamó papá—. ¡Esto no puede ser cierto!

—¿Es ese joven que llamó por teléfono hace unos días? —preguntó mamá.

Yo asentí con la cabeza.

—Está bien —suspiró papá—. Entonces enséñame la factura o el albarán. Digo yo que ahí vendrá el nombre del distribuidor.

Un sudor frío me recorrió por todo el cuerpo.

—¿Factura? ¿Albarán? ¡Yo no tengo nada de eso! Él sólo me trajo el ordenador y yo le entregué mi viejo ordenador y el dinero. ¡Todo fue tan rápido!

Papá se levantó de un brinco y empezó a hacer aspavientos con los brazos.

—¡Estefanía! ¡Cómo es posible! ¿Compras un ordenador completamente nuevo a un precio tirado, sin factura, a un tipo que has conocido en un Cibercafé y del que seguramente no sabrás ni cómo se llama?

—Se llama Santi —dije a media voz—. Su apellido no lo sé. ¡Pero tengo su número de teléfono! Me lo dio la última vez que me llamó. Y esa factura, ¿de verdad es tan importante?

—¿No me lo estarás preguntando en serio? En primer lugar creo que en todo este asunto hay gato encerrado. Pero incluso si todo estuviera en orden, necesitarías por lo menos una factura. De lo contrario no podrás nunca demostrar que realmente has comprado el aparato, y no hablemos ya de la garantía.

—¿Y ahora qué puedo hacer? —le pregunté.

—Muy sencillo. Como tienes el número de teléfono de ese tal Santi, le llamas y le exiges una factura de la que claramente se desprenda que has comprado el ordenador con todas las de la ley y que lo has pagado. Si se niega, lo anulas todo, devuelves el ordenador nuevo y te quedas con el viejo. Por suerte has guardado la caja.

—¿No hay otra posibilidad? —pregunté por si acaso.

—¿De verdad tengo que contestarte a esa pregunta? —me preguntó papá.

—No, no tienes que hacerlo —dije en voz baja, y me levanté.

Me fui a mi habitación y me dejé caer sobre mi cama. Podría haber sido un día tan bonito. Pero lo que más rabia me daba era mi propia estupidez. Papá únicamente me había descifrado los hechos con la frialdad típica de un profesor de Matemáticas. Y entonces, me había dado cuenta de que él tenía razón. En realidad le había comprado a un completo extraño un ordenador nuevo a un precio de saldo sin preguntar de dónde había salido ni por qué era tan barato. Y encima, ni siquiera le había pedido un justificante de pago. Estaba tan loca por tener un ordenador nuevo que había desconectado mi cerebro.

Me levanté, abrí la puerta de mi habitación sin hacer ruido y bajé sigilosamente las escaleras. La puer-

ta del salón estaba cerrada. A través de la puerta se oían las voces de papá y mamá hablando muy bajito. No pude entender nada de lo que decían, aunque lo más probable es que estuviesen discutiendo sobre mi estupidez. Cogí el teléfono y volví de puntillas a mi habitación.

Marqué el número de Santi. ¡Ahora o nunca! Cuando escuché la señal de llamada, mi corazón comenzó a latir muy fuerte y por todo el cuerpo, pero al rato se conectó el contestador automático: «Aquí Santi. Cuando oigáis el pitido, ya sabéis lo que hay que hacer».

Colgué el auricular. Vaya mensaje más tonto. No me hizo ninguna gracia. Inspiré profundamente y volví a marcar.

—Soy Estefi —dije rápidamente tras el pitido—. Se te olvidó darme una factura. Mi padre me exige que le presente una factura o de lo contrario tendré que devolver el ordenador. Por favor, ponte en contacto conmigo. A poder ser esta misma noche o mañana por la mañana.

Colgué y me dejé caer sobre mi cama. Ahora ya sólo me quedaba esperar a que diera señales de vida y a que me diera esa estúpida factura.

10
www.gran_sorpresa.com

A la mañana siguiente Santi seguía sin dar señales de vida. Un poco antes de irme al colegio volví a marcar su número de teléfono.

Nuevamente lo único que escuché fue el contestador automático. Repetí de nuevo mi frasecita de la otra vez, pero en esta ocasión dándole un tono de más urgencia.

De camino al colegio, Rabanito y yo no hablamos sobre mi ordenador. En realidad hablamos poco en general. Lo que significaba que o seguía enfadado conmigo, u opinaba que me las arreglaría mejor yo solita. ¡Claro que me las arreglaría! Me lo había jurado a mí misma.

Durante los recreos intenté que nadie se diese cuenta de mi preocupación. Y como Rabanito mantuvo la boca cerrada, Fede y Charly no notaron nada extraño. Por eso, nuestro principal tema de conversación fue el caso del gatito desaparecido, que tan gloriosamente habíamos resuelto. Claro que Charly no salió muy bien parado con ello. Alguna vez incluso me reí junto al resto, sobre todo cuando Fede describió la cara que Charly había puesto al recibir la tableta de chocolate como premio por haber encontrado el gatito.

—Yo aún no me voy a casa —le dije a Rabanito, cuando ya nos habíamos despedido de Fede y Charly, después de clase.

—¿Y ahora adónde vas?

—Ya sabes, mi ordenador. Aún tengo que arreglar algunas cosas. ¿Puedes decirles a mamá y a papá que llegaré más tarde? Ellos ya saben de qué se trata.

Rabanito me prometió que se lo diría, e incluso se llevó mi cartera. Me dio rabia no haberle contado antes todo esto. Seguramente ahora me habría ayudado. Pero ya era demasiado tarde para esos razonamientos.

Lo primero que hice fue ir al Cibercafé. Allí había visto a Santi por primera vez. Tal vez hoy volvía a estar allí.

Como no podía ser de otra manera, no tuve suerte. Allí no había nadie, aparte de alguna gente que conocía de mi colegio. Pero quien sí estaba era Miki.

—¿A qué viene esa cara? —me preguntó.

—Bah, no es nada, sólo estoy buscando a alguien. Esperaba encontrarle aquí, pero no está.

Miki se me quedó mirando de forma extraña y examinadora.

—A lo mejor yo puedo ayudarte —me dijo.

Pensé durante unos instantes en describir a Santi tal y como lo había hecho con Nicole.

—No, seguro que tú no puedes ayudarme —le respondí finalmente.

Lo más probable es que él también conociera a Santi únicamente de vista, al igual que Nicole. Y esta vez, quería ahorrarme las estúpidas miradas y las insinuaciones. No me quedó más remedio que irme a casa.

—¿Me ha llamado alguien? —pregunté con las llaves de casa aún en la mano.

—Si te refieres a ese Santi —escuché la voz de mi madre que provenía del cuarto de baño—, todavía no ha dado señales de vida. Pero por lo demás tampoco ha llamado nadie.

Me acerqué al teléfono. ¡De nuevo escuche sólo el contestador automático! ¿A qué se dedicará ése todo el día? ¿Estará de vacaciones y no podré dar con él hasta que vuelva? Del susto me corrió un escalofrío por la espalda.

Mamá quería calentarme la comida. Yo se lo agradecí pero rechacé su ofrecimiento. Esta vez se me había quitado el apetito por completo.

Me tumbé sobre mi cama, miré fijamente el techo y pensé. ¡Tenía que hacer algo! Pero no disponía de demasiado tiempo. Seguro que papá no se dejaría convencer para alargar todo esto mucho más. Además yo quería acabar cuanto antes. Cuanto más esperara, más difícil sería conseguir una factura.

¡La verdad es que había sido una tonta hasta más no poder! Pensé y pensé pero no tenía ni idea de qué más podía hacer para localizar a Santi. Incluso en el mensaje del contestador automático sólo se identificaba como «Santi». No tenía forma de averiguar su apellido. Si al menos tuviese ya la conexión a Internet, le podría enviar un e-mail. ¡E-mail! ¡A lo mejor Santi me había enviado algún mensaje al ordenador del colegio! En realidad al día siguiente nos tocaba Informática con «el guapo de Gerardo», pero en la pasada clase nos avisó de que no podría asistir. De modo que no tendría acceso a la sala de Informática hasta dentro de cuatro días. ¡Yo no quería esperar tanto tiempo! Tenía que averiguar ya si Santi me había escrito o no algún mensaje.

Y si me llegaban a descubrir, ¿qué ocurriría? No tenía otra alternativa. Ése era un riesgo que debía correr.

Tan rápido como pude, me vestí y salí corriendo de casa hacia el colegio. Creo que jamás había hecho ese recorrido en tan poco tiempo.

A esas horas reinaba un silencio sepulcral en todo el edificio. Llegué al aula de Informática sin ningún contratiempo. Por suerte, no estaba cerrada con llave. Al parecer el señor Pedel es muy amable pero no demasiado responsable. Me alegré por ello.

Aún no se había puesto en marcha el ordenador, cuando de repente escuché cómo cerraban la puerta con llave. ¡Ése tenía que ser el señor Pedel! Obviamente era más responsable de lo que yo había imaginado. Presa del pánico miré a mi alrededor. ¡Las ventanas estaban todas enrejadas! Lógico, al fin y al cabo era una forma de evitar que se robase algo. Únicamente podía elegir entre ser descubierta por el señor Pedel o quedarme allí atrapada hasta la mañana siguiente. Me decidí por lo primero. Me levanté de un salto, corrí a la puerta y empecé a aporrearla.

—¡Señor Pedel! ¡Por favor, abra, todavía queda alguien aquí dentro!

Escuché de nuevo la llave y la puerta se abrió bruscamente.

—¡Cielo santo! —exclamó el señor Pedel—. ¡Pensaba que aquí ya no quedaba nadie!

—Ya, señor Pedel, lo siento mucho, de verdad. En realidad yo no quería venir aquí a escondidas. ¡Tiene que creerme! ¡Pero se trata de una emergencia!

—¿Emergencia? ¿Se trata de ese gato del que me ha hablado mi madre?

—No, esta vez es realmente importante. ¡Por favor, sólo déjeme mirar un segundo si ha llegado un e-mail para mí!

El señor Pedel movió enérgicamente la cabeza.

—Lo siento, pero eso no puedo hacerlo. Eso nos podría costar muy caro a los dos.

—¡Señor Pedel, por favor! Sólo por esta vez. ¡Le prometo por lo que más quiera que será la última! Esto es muy importante para mí, de verdad.

—Está bien —suspiró el señor Pedel—. ¡Pero, por Dios, date prisa!

Corrí al ordenador y consulté la bandeja de entrada. Nada. Una vez más, todo había sido en vano. ¡De buena gana habría mandado a Santi a la luna!

Unos instantes después tendría una razón más para hacerlo. Esa razón se llamaba señor Brinkmann, alias «el guapo de Gerardo».

—¿Qué está pasando aquí? —le escuché exclamar—. ¿Quién está jugando ahí con los ordenadores?

Visto y no visto se plantó en la puerta y miró por encima del hombro del señor Pedel al interior del aula de Informática. ¿Es que no podía salir ni una sola cosa bien?

—¿Estefanía? ¿Tú? ¿Qué haces aquí?

—Yo, yo sólo quería mirar una cosa —tartamudeé.

—Ya. ¿Y qué, si puede saberse?

No tenía opción. Me acordé del interrogatorio que Charly había intentado hacerle. «El guapo de Gerardo» después de eso le estuvo martirizando durante semanas sacándole a la pizarra para resolver problemas de *Mates* muy mal intencionados. Únicamente me quedaba decir la verdad.

—Sólo quería comprobar si alguien me había enviado un e-mail. Era muy importante, de verdad.

—Esto es el colmo —exclamó «el guapo de Gerardo»—. ¿Empleáis los ordenadores del colegio para vuestras cartitas privadas?

—¡No era ninguna cartita! ¡Era muy importante, de verdad!

Encima los ojos se me empezaron a llenar de

lágrimas. Necesité mucha fuerza para poder retenerlas. No me habría perdonado nunca llorar delante del señor Pedel y del «guapo de Gerardo».

—¿Y usted? —le recriminó también nuestro profesor de *Mates* al señor Pedel—. Se queda aquí mirando, sin hacer nada, ¿no? ¿O es que incluso le ha abierto el aula de Informática para que pudiera leer los e-mails?

El señor Pedel se puso colorado como un tomate.

—No, así no fue. Ella dijo que...

—Déjelo —interrumpió «el guapo de Gerardo» a nuestro conserje—. Ahora no quiero oír nada. Ya hablaremos más tarde usted y yo a solas. Y tú, desaparece de aquí ahora mismo.

¡Menos mal!

—¡Pero no creas que lo voy a dejar así! Tendré que llamar a tus padres y tener unas cuantas palabras con ellos.

¡Oh, no! ¡Encima eso! Como si no tuviera ya bastantes problemas con mis padres, y ahora encima «el guapo de Gerardo».

Me deslicé, pegada al marco de la puerta, para pasar entre el señor Pedel y «el guapo de Gerardo», al exterior; pero antes de marcharme le pedí disculpas al conserje.

—Señor Pedel, lo siento. Por favor, no se enfade conmigo.

Fue lo único que fui capaz de articular, luego eché a correr lo más rápido que pude. Un segundo más y al final me habría echado a llorar.

Sin girarme, corrí a la parada de autobús. Allí me dejé caer sobre uno de los bancos y puse mis manos sobre la cara. En mi cabeza ya no quedaba ni un solo pensamiento coherente, todo estaba como borrado del mapa. Lo único que deseaba era poder retroceder en el tiempo una semana.

No sé cuánto rato estuve allí sentada con las manos sobre la cara. No levanté la mirada hasta que alguien me tocó suavemente en el hombro. ¡Era Rabanito! Charly y Fede, con Precioso en brazos, también estaban allí. Parecían tristes. Incluso Precioso sostenía la cabeza ladeada y me miraba con ojos tristones.

—Estefi, ¿qué te está pasando? —me preguntó Rabanito a media voz, en un tono que sonaba a preocupación.

¡Eso fue demasiado!

Ya no pude retener las lágrimas por más tiempo. Lloré, me enfadé y me disculpé. Y mientras tanto, les conté toda la historia. Cuando terminé el relato, me sentía como una bayeta estrujada, y posiblemente ése fuera efectivamente el aspecto que presentaba, pero también me encontraba algo más aliviada.

Charly me dio unas suaves palmaditas en el hombro.

—No te preocupes, Estefi, ya lo arreglaremos.

—¡Eh, tía, eh! Claro que sí, faltaría más.

—¡Pero hombre! ¡Charly! ¡Fede! —exclamé yo—. ¿Cómo vamos a poder hacer eso? ¿Podéis decirme acaso cómo puedo encontrar a ese imbécil de Santi, cómo voy a averiguar de dónde sacó el ordenador y cómo voy a conseguir la factura?

—Pues, sí —dijo Charly—. Sí que podemos.

11
www.confesion.com

Quise decir algo, pero no fui capaz de articular nada más que un leve ruido. Sin mediar palabra, Charly me entregó una hoja de su bloc de notas, que ya había llevado consigo a casa de la pequeña Berta.

Caso: El ordenador de Estefi
Persona de contacto: Santi Flunkert
Dirección: Kurzbeingasse, 7
Oficio: 1. Estudiante
2. Trabajo en comercio especializado en Informática Emilio Funk KG, Voltstrasse, 32
Aficiones: Baños de rayos uva, ropa cara, Cibercafés, coche deportivo.
Propiedades: Vago, fanfarrón, está siempre falto de dinero (según testimonio de Miki)
Observaciones: El 25 de septiembre, a las 17:15

horas, entregó un ordenador a Estefi, del que nadie sabe de dónde lo sacó.

—¡¿Me habéis estado espiando?! —exclamé.

—A ti no —contestó Rabanito—. Pero a Santi Flunkert, sí. Yo quería saber qué te estaba pasando. Y como no me dijiste nada y tu comportamiento era cada vez más extraño, se lo conté a Charly y a Fede.

—Sí, y entonces empezamos a vigilar un poquito a tu Santi —dijo Charly y añadió—: Ya sabes que eso lo sabemos hacer muy bien.

Una y otra vez miraba el papel de Charly. Allí estaba todo lo que yo necesitaba saber: su nombre, su dirección, el comercio en el que trabajaba, ¡sencillamente todo! Lo que me habría ahorrado de haberlo sabido antes.

—¿Y por qué pone aquí «según testimonio de Miki»? —pregunté—. ¿Acaso él conoce a Santi?

—Sí —dijo Charly—. Estudian juntos.

—¡Seré idiota! —exclamé—. ¡Y eso que Miki me preguntó si me podía ayudar!

—Nicole le debió de contar que preguntaste por Santi —dijo Charly—. Porque una vez que vino a casa a ver a Nicole, Miki me preguntó sobre qué sabía de Santi. Así fue cómo llegué hasta él.

—¿Por qué no me dijiste nada cuando papá me riñó por lo del ordenador? —le pregunté a Rabanito—. Tendrías que haberte dado cuenta de lo importante que esto era para mí.

—Y lo sabía —contestó Rabanito—. Pero la verdad es que seguía bastante enfadado contigo por no haberme contado nada. Además, no hacías más que protestar por todo lo que hacíamos.

A eso no pude decir nada. Obviamente, en el asunto de Santi y el ordenador nuevo no había desconectado únicamente mi cerebro, sino también mis sentimientos.

—¡Sea como sea, todo este asunto apesta!

—dijo Charly—. Me apuesto algo a que detrás de esto hay alguna canallada o algo así. Se trate de lo que se trate, llegaremos al fondo de la cuestión.

Eso me sonaba a música celestial.

—¡Yo estoy contigo, Charly! Y te prometo que no protestaré.

—Bien. En primer lugar necesitamos naturalmente un plan. Propongo que vayamos ahora mismo a ese comercio de electrónica y le digamos a ese Santi que o acepta la devolución del ordenador o te hace una factura en condiciones.

—Yo preferiría la segunda opción —dije—, porque así podría quedarme con el PC.

—¿Por cierto, y ése qué es lo que hace exactamente allí? —preguntó Fede—. Porque Miki no lo sabía y nosotros tampoco pudimos averiguar nada mientras estuvimos vigilando anteayer la tienda.

—¡Ah, por eso no tuvisteis tiempo! —exclamé—. Pero esta vez yo puedo ayudaros. Él es la mano derecha del jefe. Al menos eso es lo que me dijo.

—Si eso es cierto, entonces también podrá hacerte una factura —opinó Charly.

En la tienda especializada de Informática de Emilio Funk, nos atendió el señor Funk en persona.

—¿Santi Flunkert? —pregunté.

—Sí, trabaja aquí. Pero me parece que hoy tiene su día libre.

—¿Le parece? —repetí—. Si él es su mano derecha... ¿Usted no debería saber exactamente cuándo tiene su día libre?

—¿Mi mano derecha? —el señor Funk se echó a reír—. Me parece que aquí hay un pequeño malentendido. Santi Flunkert trabaja en el almacén, de auxiliar.

—¿Está usted completamente seguro? —le volví a preguntar por si las moscas.

—¡Soy el propietario de esta tienda! Digo yo que sabré quién trabaja aquí y dónde. Así que queréis algo más o sólo queréis hacer preguntas, porque a mí no me sobra el tiempo.

—Estoy buscando un ordenador. ¿Tiene usted también aparatos con pequeños desperfectos que pueda vendernos algo más económicos?

—¡Pero bueno, esto ya empieza a pasarse de

castaño oscuro! —exclamó el señor Funk—. ¡Encima queriendo regatear! ¡En mi tienda no hay nada de eso! Si un aparato tiene un desperfecto, se devuelve inmediatamente. ¡Mis clientes reciben únicamente mercancía de primera calidad!

Le dimos las gracias y salimos de allí escopeteados, antes de que el señor Funk empezara a sospechar.

—¿Te contó que el aparato tenía pequeños desperfectos y que por eso era más barato? —me preguntó Charly.

—¡Desde luego que lo hizo! —dije enfadada—. ¡Me ha mentido! ¡Desde el principio! ¡La mano derecha del jefe! ¡Bah! ¡Cómo pude ser tan tonta, y tan ciega!

—¿Ciega? —preguntó Rabanito y me sonrió malicioso—. ¿Acaso tenías nubecitas de color de rosa ante tus ojos?

—¡Eh, tíos, eh! —se metió Fede por medio antes de que yo le pudiera dar la contestación apropiada al fresco de mi hermano—. La cuestión es que en esta historia hay gato encerrado. Eso está clarísimo.

—Podríamos ir a su piso para ver si está allí —propuse.

—Tengo una idea mejor —dijo Charly—. Durante nuestras investigaciones descubrimos que suele ir siempre a uno de esos garitos en los que se reúnen los estudiantes.

—Entonces, ¿a qué estamos esperando? —dije yo.

—Primero tengo que ir otra vez a casa —dijo

Charly de repente—. Le prometí a mi madre que iría a hacerle la compra. Seguro que ya estará esperando. Si queréis, adelantaos vosotros y así vigiláis ese garito. Yo me reuniré con vosotros lo antes posible.

El bar de estudiantes al que me llevaron Rabanito y Fede estaba muy cerca del piso de Miki. Posiblemente, la mayoría de los estudiantes vivía en esa parte de la ciudad.

Una vez más, me encontraba con Charly & Company al acecho. Pero esta vez, se trataba de mis propios asuntos. ¡Y eso era muy distinto!

—¿No deberíamos echar un vistazo a través de los cristales para ver si está dentro? —les pregunté a los otros dos, después de que lleváramos ya un buen rato esperando en nuestro escondite.

—¡Eh, tía, eh! ¡Claro! Porque si está dentro, no tiene ningún sentido que estemos aquí fuera esperando.

Mientras nos acercábamos sigilosamente al bar, pensé que seguramente a Charly esto se le habría ocurrido en seguida. Descubrí a Santi en el último rincón del bar de estudiantes.

Justo nos disponíamos a volver a nuestro escondite, cuando apareció Charly.

—¿Está dentro? —nos preguntó.

Nosotros asentimos con las cabezas.

—¡Entonces vamos allá!

Los clientes del bar nos miraron con curiosidad. Al fin y al cabo no pertenecíamos precisamente al grupo de edades representado en aquel sitio. Con paso firme, atravesé todo el local con Charly, Fede y Rabanito al arrastre.

—¿Qué haces tú aquí? —preguntó Santi al verme—. ¿Le pasa algo al ordenador?

—Ya lo creo. Le falta algo.

—¿Y qué le falta, según tú?

—La factura. No me has dado ninguna factura por el ordenador.

Santi hizo un movimiento de mano, como diciendo que eso no tenía ni la más mínima importancia.

—¡Una factura! ¿Para qué necesitas tú una factura? ¡Confórmate con que hayas conseguido ese chisme a ese precio tan tirado!

—Me da igual lo caro o barato que haya sido. Necesito una factura. Ya he tenido suficientes problemas con mi padre y con mis profesores por ello. Y si no consigo pronto una factura, el problema lo tendrás tú.

—¡Eh, tío, eh! —exclamó Fede—. ¡Problemas con «el guapo de Gerardo»! Eso no se lo deseo a nadie.

—Claro que también puedo devolverte el ordenador y tú me devuelves mi dinero y mi PC viejo.

Santi abrió los ojos como platos.

—¡Eso no puede ser! ¡Yo no acepto devoluciones! ¡Vendido es vendido!

—¡Entonces dame una factura!

Había hablado suficientemente alto como para que algunos clientes comenzasen a mostrarse interesados por nuestra conversación. Y a Santi, eso le resultaba visiblemente incómodo.

—Está bien —dijo por fin—. ¡Tendrás tu factura! Pero hoy no. Te llamaré mañana.

—¿Y cómo la vas a conseguir? —le preguntó Charly—. Porque el señor Funk nos ha dicho que él no vende aparatos con desperfectos. Además tú no eres su mano derecha, sino un simple auxiliar de almacén.

—¿Habéis hablado con el señor Funk? —exclamó Santi poniéndose pálido—. ¿Habéis hablado del ordenador?

—No —contesté yo—. ¿Por qué?

—Porque-porque yo soy el ayudante del jefe del almacén, y él es quien hace las facturas para los aparatos defectuosos. El señor Funk no se ocupa de esa clase de cosas.

—Ya, ya —dije yo—. No sé quién va a creerse eso. Pero a mí me da igual de dónde saques la factura. La necesito mañana.

Nuestra salida del garito, que estaba a tope, fue tan *guay* como nuestra actuación. Por primera vez, desde la bronca con papá, me volvía a sentir bien. ¡A ése le había puesto yo en su sitio!

Justo cuando estaba a punto de salir por la puerta, alguien me agarró por el brazo. Era Miki.

—¿Qué hacéis vosotros aquí? —nos preguntó—. Acabo de llegar y he visto que estabais hablando con Santi.

—Sí, vaya tipo —dijo Fede—. Ése es más ligero mintiendo que Precioso corriendo.

—Pero eso todavía no quiere decir nada —opinó Charly.

—Cuando me preguntasteis por él, ya os dije que era un tipo bastante escurridizo. Por cierto, ¿qué es lo que os traéis entre manos con él?

Le conté una versión resumida de la historia.

—¡Aquí hay gato encerrado! —exclamó Miki.

—¡Eh, tío, eh! ¡Eso mismo he dicho yo!

—Esperad aquí un momento. Ahora mismo vuelvo.

Miki entró en el bar y volvió poco después con Santi.

—¿Qué significa esto? —se enfadó—. ¡Aún no me he acabado mi cerveza!

—No te preocupes, que no se te evaporará —opinó Miki—. Además, en seguida podrás volver a entrar, en cuanto nos hayas contado todo lo que hay detrás de ese PC.

—¡No vayas a empezar ahora tú también con eso! Se lo he vendido por unos cuantos billetes y su viejo ordenador. ¡Eso es todo! ¿Puedo irme ya?

—¿Y de dónde sacaste ese PC? —preguntó Miki.

—¿Y a ti qué te importa?

Miki se le acercó un poco más a Santi.

—Escúchame bien, *pringao*. ¡Hace ya tiempo que estoy hasta las narices de tu fanfarroneo! No vienes a ninguna clase, te pasas todo el tiempo por los bares, no pagas tu factura del Cibercafé y encima te dedicas a hacer negocios sucios. Así que ya puedes elegir, o nos dices ahora mismo la verdad, o vamos a tu trabajo y le preguntamos a todo el que se cruce con nosotros de dónde has sacado el ordenador. Tú decides.

—¡Tío, no hagas tonterías! —exclamó Santi—. ¿A qué viene todo esto?

Quería volver a entrar en el bar, pero Miki le sujetó del brazo.

—Vamos, ¿de dónde sacaste el ordenador? ¡Te lo pregunto por última vez!

Santi dio un patada contra el suelo.

—¡Vaya, mierda! Si tanto te interesa... ¡Pues sí! Lo he robado. ¿Ya estás contento?

12
www.amigos.com

Fue como si alguien me hubiera echado miles de cubitos de hielo por el cuello. ¡Robado! Lo cierto es que ya lo sospechaba, pero ahora que lo sabía con certeza era mucho peor.

—Ya lo sabía yo —dijo Miki en voz baja—. ¡Esto es increíble! ¡Venderle a la chica un ordenador robado! ¡Idiota! ¿Por qué lo has hecho, eh?

—Ella no hacía más que darme la matraca con que quería un ordenador nuevo —dijo Santi señalándome con el dedo.

—¡Sí, hombre, ahora échale a ella toda la culpa!

—Bueno, y también necesitaba el dinero urgentemente, de verdad. Si estoy muy arrepentido. Al principio no quería hacerlo, ¡tienes que creerme! Pero le debía dinero a unos tipos bastante desagradables. Y luego ella me enseñó el dinero y entonces no pude resistirme.

—Vas a volver a llevar ese PC a su sitio —dijo Miki—. Eso te queda claro, ¿verdad? ¡Y a la chica le devuelves su dinero y su viejo ordenador!

—¿Estás loco? —gritó Santi—. ¡Eso es imposible! ¡Yo no puedo volver a ponerlo donde estaba!

—¿Por qué no? —le pregunté—. Si también pudiste sacarlo de allí.

—Eso ya fue bastante difícil. ¿Qué te crees? Ahora está desempaquetado. Cualquiera vería a la legua que está usado. Además no sé cómo podría devolverlo sin que se notara. Cuando me lo llevé, estuvieron a punto de pillarme.

—Entonces, según tú, ¿qué es lo que va a pasar ahora? —le preguntó Miki.

—¡Nada! —exclamó Santi—. Dejadlo todo tal y como está. No van a notar que falta un ordenador hasta dentro de un par de meses. Para entonces ya nadie podrá averiguar quién lo robó, ni quién lo compró. Simplemente deberíais dejar que las cosas se enfríen. Al fin y al cabo vosotros también estáis implicados. Habéis comprado un ordenador robado y desde luego no podéis probar que no sabíais nada de ello.

Con esas palabras logró deshacerse del brazo de Miki y volvió al bar con su cerveza.

—¿Y ahora qué hacemos? —pregunté.

—Podríamos ir a la policía —propuso Rabanito.

—Me temo que ésa no es una muy buena idea —contestó Miki—. Aunque nos pese, en ese punto Santi tiene razón. Nos será muy difícil demostrar que vosotros no sabíais nada del robo. Posiblemente Santi hasta afirmará que le encargasteis el trabajo. De ese tipo se puede esperar cualquier cosa.

Miki tenía razón. Todo había sido culpa mía. ¿Cómo había podido ser tan tonta? No había contado ni con mi hermano, ni con mis amigos y me había lanzado a comprar a ciegas un ordenador robado, sólo porque deseaba uno a toda costa.

De regreso a casa, estrujé mi cerebro todo lo que pude en pensar una forma de salir de esa encrucijada. Pero no se me ocurrió nada en absoluto.

—Espero que «el guapo de Gerardo» aún no haya llamado por teléfono a casa —dije más para mí misma que para los demás—. Sólo me faltaba eso.

—No va a llamar —dijo Rabanito con toda naturalidad.

Me quedé parada y le miré.

—¿Qué quieres decir?

—Ya hemos solucionado ese asunto —dijo Charly—. Cuando te vimos salir corriendo del colegio, nos fuimos al aula de Informática.

—¿Y qué hicisteis allí?

—Le explicamos todo al «guapo de Gerardo» —contestó Rabanito—. Bueno, en realidad exageramos un poco. Le dijimos que tenías problemas personales y eso. A los profesores estas cosas siempre les afectan. En esto «el guapo de Gerardo» no es una excepción. Dijo que lo entendía, pero que no podía aceptarlo. De todas formas, comentó que no pensaba llamar a mamá y a papá para no empeorar aún más las cosas.

—¿Y ya está? —exclamé yo—. ¿Eso fue todo?

—¡Eh, tía, eh! Ya conoces al «guapo de Gerardo». No es tan fácil escapar de sus garras.

—¿A qué te refieres?

—Bueno, como contrapartida por su silencio

tenemos que hacer unas cuantas horas voluntarias en la página web del colegio.

Ya no sabía qué decir, ni si llorar o reír. Finalmente, decidí abrazarles a los tres, uno a uno, tan fuerte como pude.

¡Mis amigos! ¡Descerebrada de mí, cómo había podido menospreciarlos de esa manera!

—Si tuviese la oportunidad de devolver el ordenador robado, ¡todo volvería a estar en orden!

—Quién sabe —opinó Charly—. Seguro que para eso también se nos ocurre algo.

Nunca antes había deseado con tanta fuerza que Charly tuviera razón. Aunque en un principio, cuando llegué a casa, no parecía que fuera a ser así.

—¿Tienes la factura? —fue lo primero que papá me preguntó nada más verme.

—No, pero me la van a dar pronto.

—Eso espero. Y si no es así, devuelves el aparato. Tienes que prometérmelo.

—Hago lo que puedo, papá. ¡De verdad!

No pude prometerle nada más.

Rabanito y yo nos fuimos a nuestras habitaciones. Por primera vez, desde hacía días, no tenía la sensación de estar traicionando a Rabanito. Al menos eso lo habíamos conseguido.

Me senté delante de mi ordenador y lo conecté. De momento me lo tenía que quedar, pero ¿cómo le iba a explicar a papá que no había factura? Yo no iba a ser capaz de decirle la verdad. No iba a poder reunir tanto valor. Incluso pensé en falsificar una factura. Pero esa idea la deseché en seguida. En primer lugar, porque papá seguro que lo habría notado y, además, porque entonces yo tampoco habría sido mejor persona que Santi.

Volví a desconectar el ordenador. Ya no me divertía. Lo que más deseaba era volver a tener mi viejo ordenador, me daba igual lo lento que fuera. ¡Si tan sólo pudiera hacer que este robo nunca hubiera ocurrido!

Mi apetito en el desayuno fue más bien escaso. Cuando llegué al colegio incluso tenía dolores de estómago. Pero eso cambió radicalmente en cuanto llegó Charly. Hacía tan sólo unos días, no me habría podido imaginar que me alegraría tanto de oír sus descabelladas ideas.

—¡Ya te dije que algo se me ocurriría! —proclamó contento—. ¿Os acordáis del asunto con el agricultor Beckmann?

—¡No te estarás refiriendo a Berta la gorda! —exclamó Rabanito.

—Exactamente, a esa misma me refiero. ¿Os acordáis cómo conseguimos secuestrar a la gallina, que en realidad tenía que ser un perro?

—Ya lo creo que me acuerdo —dije yo—. Sobre todo de las pintas que tenían Rabanito y Fede cuando salieron del corral.

—¡No me refiero a eso! Me refiero al truco que empleamos. ¡Nos separamos! Estefi y yo estuvimos entreteniendo al agricultor Beckmann, mientras Fede y Rabanito fueron al corral. Así es cómo vamos a volver a hacerlo.

—¡Eh, tío, eh! ¿Qué voy a hacer yo en el corral?

—¡Jo, Fede! Una pregunta tan tonta sólo podía venir de ti. ¡Me refiero a la técnica empleada! Nos separaremos también ahora. Dos de nosotros distraeremos a la gente de la tienda de Informática, y otros dos devolverán el ordenador.

—Sí, pero con eso Estefi aún no habrá recuperado ni su dinero, ni su ordenador —dijo Rabanito.

—¡Eso me da igual! —exclamé yo—. Lo importante es que pueda deshacerme de ese chisme. Pero aun así no se cómo va a funcionar esta vez. Ya fue bastante complicado distraer al agricultor Beckmann. ¿Cómo vamos a lograrlo con tanta gente? Puede que sean diez o más.

—Seguro que para esta tarde también habré resuelto ese problema —opinó Charly—. Y si no, tendremos que improvisar sobre la marcha, una vez estemos allí. ¡Al fin y al cabo somos profesionales! ¡En cualquier caso quedamos esta tarde en casa de Estefi, cargamos el ordenador encima de su bici y hacemos una visita al jefe Funk!

—No sé, no sé —dijo Rabanito preocupado—. ¡Ya veremos cómo salimos de ésta!

—He vuelto a llamar por teléfono a Santi —les conté a mis padres, cuando Rabanito y yo volvimos del colegio, antes de que pudieran preguntarme de nuevo por la factura—. No quiere darme ninguna factura.

Lo cual no era ni siquiera mentira.

—¿Y ahora qué quieres hacer? —me preguntó papá.

—Esta tarde devolveremos el ordenador.

Papá asintió.

—¿Quieres que os acerque en coche?

—No, cogeremos la bicicleta —dijo Rabanito rápidamente—. Fede y Charly nos ayudarán.

Para papá, devolviendo el ordenador estaba todo resuelto. Desgraciadamente, para nosotros no.

—Ahora sólo falta que todo salga bien —dijo Rabanito en voz baja mientras nos marchábamos a mi habitación para empaquetar el PC.

Fede y Charly llegaron muy puntuales. Fede había traído a Precioso.

—Para la maniobra de distracción seguro que podremos necesitarlo —opinó.

Cargamos el ordenador sobre el portaequipajes de mi bicicleta y empezamos a empujar.

Para llegar al comercio del señor Funk teníamos que atravesar toda la plaza del mercado. Debido a nuestra tambaleante carga, avanzábamos muy lentamente y desde luego se nos veía desde cualquier parte.

—¿Hey, adónde vais? —escuchamos de repente la voz de Miki.

Estaba al otro lado de la plaza frente al Cibercafé. Al no contestarle, se acercó a nosotros.

—Vamos a devolver el ordenador —dijo Charly.

—¿Ha cambiado Santi de idea?

—No, eso no, pero nosotros tenemos un plan.

—¡Pero eso es demasiado arriesgado! —exclamó Miki, una vez que Charly terminó de contarle lo que pretendíamos hacer.

—¿Acaso tienes una idea mejor? —le pregunté yo—. Me quiero deshacer de este chisme, sea como sea.

Miki elevó los brazos.

—¡Chicos, no deberíais precipitaros! Venid primero al Café, allí podemos hablar de nuevo.

Nos miramos unos instantes y después empujamos nuestra bicicleta hacia el Cibercafé.

—Voy con vosotros —dijo Miki más tarde—. Sólo dejadme que llame un momento a Nicole para que me sustituya aquí. Además, así iremos en coche y no tendremos que ir empujando la bicicleta con el ordenador encima. Porque eso, de todas formas, llama demasiado la atención.

Cuando después de un rato llegó Nicole, le entregó a Miki las llaves del coche.

—¡Sobre todo tened cuidado! —dijo, y desapareció en el Cibercafé.

La verdad es que me alegré de que Miki viniera con nosotros. Porque, aparte de que ya era adulto y de que tal vez nos podría servir de ayuda, así también disponíamos de un coche y no teníamos que temer que el ordenador se nos cayera de la bicicleta.

Cuando llegamos al lugar de trabajo de Santi, inspeccionamos primero la zona, siguiendo las pautas de Charly. Las instalaciones comerciales se encontraban en la calle principal. Desde una calle secundaria, a través de una puerta grande, se llegaba al almacén. La puerta estaba abierta de par en par, de modo que pudimos ver el interior.

—La verdad es que parece muy sencillo —opinó Miki—. Si conseguís distraer a la gente del almacén por unos minutos, yo puedo llevar el ordenador hasta allí dentro. Eso puedo hacerlo yo solo. Así que id pensando en cómo vais a distraerlos.

—¡Eh, tío, eh! Eso es más fácil decirlo que hacerlo.

Creo que nunca nadie sabrá lo que pasa realmente por la mente de Precioso, y yo menos todavía. Pero cuando se lo ofrecimos a la señora Rotkehl, en una cosa teníamos razón: ¡no hay un solo perro como él!

Como si hubiera entendido cada palabra de lo que habíamos estado hablando, Precioso, de repente, saltó de los brazos de Fede y corrió hacia la tienda. Al encontrarse la puerta cerrada, se quedó parado delante y miró hacia nosotros.

—¿Qué es lo que está haciendo ahí? —preguntó Miki.

—¡Eh, tíos, eh! ¡Quiere ayudarnos!

Miki se quedó mirando a Fede como si a éste le faltara un tornillo.

—¿Que quiere qué?

—¡Tú encárgate del ordenador! —exclamó Fede—. El resto ya lo haremos Precioso y yo.

Con esas palabras cruzó corriendo la calle hacia nuestro perro.

—¡Ya has oído lo que ha dicho Fede! —le bufó Charly a Miki, que seguía mirando fijamente a Precioso mientras movía la cabeza de un lado a otro—. ¡Conduce hasta la entrada del almacén y espera el momento adecuado!

Automáticamente Miki salió corriendo y se dirigió al coche de Nicole, saltando dentro.

Pero antes de que Fede consiguiera llegar hasta Precioso, salió un cliente de la tienda. En cuanto se abrió la puerta, nuestro perro desapareció en el interior.

Cuando Charly, Rabanito y yo alcanzamos la puerta de la tienda, Fede ya estaba aplastándose la nariz contra el escaparate.

—¿Qué pasa? —preguntó Charly—. ¿Qué está haciendo?

—¡Eh, tíos, eh! ¡No puedo creerlo! ¡Se está haciendo pis sobre los ordenadores!

13
www.trucos_de_detectives.com

Miré por el escaparate al interior de la tienda. Fede tenía razón. Precioso estaba junto a uno de los aparatos y estaba levantando su patita. En ese mismo instante también lo descubrió el señor Funk, que se encontraba tras el mostrador.

—¡Maldito chucho!, ¿qué estás haciendo ahí? —vociferó tan alto que pudimos oírlo a través de la ventana cerrada.

De un salto se plantó delante del mostrador y se abalanzó sobre Precioso. Éste esquivó hábilmente las garras del dueño de la tienda y se dirigió hacia el siguiente ordenador, para volver a alzar la patita. Esto se repitió un par de veces. Entre tanto, el segundo vendedor también intentó dar caza a Precioso, con idéntico desacierto.

El señor Funk corrió hacia una puerta que había en la parte trasera de la tienda y la abrió de un tirón.

—¡Tenéis que ayudarme a atrapar al chucho este! —gritó.

Poco después aparecieron en la tienda un par de hombres con batas grises que participaron en la caza de Precioso.

—Ésos son los hombres del almacén —cuchicheó Charly—. Ahora Miki podrá devolver el ordenador.

—Espero que se dé prisa —dijo Fede, que tenía su cara prácticamente pegada al cristal—. ¿No deberíamos ayudar ya a Precioso?

—¿Cómo? —pregunté yo—. ¿Acaso quieres ponerles la zancadilla a esos tipos? Esto lo va a tener que resolver él solo.

—Tenemos que sacarle de ahí —dijo Fede sufriendo—. ¡Lo van a pillar ya mismo!

—¡Todavía no! —soltó Charly—. ¡Miki aún no ha tenido tiempo suficiente!

Efectivamente, la situación de Precioso se volvía cada vez más fea. Uno de los hombres estuvo varias veces a punto de agarrarle por una pata o una oreja. A mí incluso me dio la impresión de que Precioso miraba de vez en cuando hacia nosotros pidiendo ayuda. Entonces, Fede ya no aguantó más. Corrió hacia la puerta y la abrió. Precioso corrió como una exhalación hacia él y saltó a sus brazos. Nuestro pobre perro jadeaba y silbaba como una vieja locomotora.

Por desgracia el señor Funk y sus hombres aún no habían terminado su caza.

—¿Ese chucho es vuestro? —nos gritó.

—¡Eh, tío, eh! ¡No es ningún chucho! ¡Es un perro muy especial!

—¡Muy especial! ¿Qué es lo que tiene de especial? ¿Que entre en los comercios y arruine la mercancía? ¡Vosotros seréis los que me lo vais a pagar! ¡De eso podéis estar seguros!

Fede, Charly, Rabanito y yo nos miramos. ¿Debíamos huir? No, eso seguro que no, pues no habría servido de nada. Un escalofrío horrible me recorrió todo el cuerpo. ¿Era posible que Precioso hubiera empeorado las cosas aún más? Como tuviera que pagar todos los aparatos en los que se había hecho pis, no acabaría hasta mi jubilación. Fede, Charly y sobre todo Rabanito también se habían quedado blancos como la cal.

El señor Funk nos hizo señales con la mano para que nos acercáramos.

—Entrad y mirad lo que ha hecho vuestro perro. ¡Aquí, fijaos bien en esta guarrería!

Yo miré al lugar indicado, volví a mirar una y otra vez.

—¡Pero si ahí no hay nada! —exclamé.

El señor Funk se puso de rodillas y comprobó el ordenador que supuestamente había mojado Precioso.

—Es cierto. Aquí no hay nada. Entonces ha tenido que ser en otro aparato.

Entre tanto Fede, Rabanito y Charly ya habían echado un vistazo a toda la tienda.

—¡Aquí no hay nada por ninguna parte! —dijo Rabanito—. ¡Todo está tan seco como el mismo polvo!

—¿Pero qué dices? —vociferó el señor Funk

recorriendo la tienda a gatas, como hacía antes papá por el salón, cuando nos dejaba montar sobre él a caballito.

Comprobó minuciosamente cada uno de los ordenadores. Cuando por fin se levantó, parecía como si hubiera visto un fantasma.

—Esto no puede ser —dijo en voz baja—. Hubiera jurado que...

—¿Nos podemos ir ya? —preguntó Rabanito.

—¡Anda, largaos de aquí! ¡Y no se os ocurra volver nunca más!

A mí se me quitó un peso de encima. Y además creo que a ninguno de nosotros se nos habría ocurrido volver a pisar esa tienda nunca más.

Miki estaba con el coche en una calle lateral junto a la tienda.

Charly abrió la puerta del copiloto.

—¿Ha ido todo bien?

—Sí, no ha habido ningún problema. ¡Pero ahora larguémonos de aquí!

Nos subimos rápidamente al coche de Nicole y nos sentamos en los asientos, aliviados.

—¡Uff! —suspiró Rabanito—. ¡Vaya lío! Yo también creía que Precioso se había hecho pis sobre los ordenadores. ¿Lo habrá hecho a propósito?

—A lo mejor con las prisas no le dio tiempo —opinó Charly—. Cuando estoy en el médico y tengo que hacerlo en un tubito, yo tampoco puedo.

—¡Eh, tíos, eh! ¡Eso ha sido un plan! ¡Precioso sabía perfectamente lo que hacía!

—No lo creo —dijo Charly, pero tampoco sonó muy convencido.

Miki movió la cabeza.

—En mi vida había visto algo así. ¡Increíble! Una cosa está clara: tenéis un pequeño perro muy especial.

A ese comentario, ninguno de nosotros le llevó la contraria, ni siquiera Charly.

—Bueno, pues este asunto está solucionado —dijo Miki cuando ya volvíamos a encontrarnos delante del Cibercafé y después de haberle dado las gracias como mínimo un centenar de veces.

Nicole salió en seguida a que le explicásemos qué había ocurrido.

—Sí, pero no has recuperado tu viejo ordenador —dijo ella—. Y tampoco tienes tu precioso dinero.

Yo me encogí de hombros.

—Ése debe de ser el precio a mi estupidez.

—No te preocupes por eso, Estefi —dijo Charly de repente—. También lo arreglaremos.

—¿Y eso, cómo? —preguntó Miki—. Si no tenemos ninguna prueba para inculpar a Santi. Y ahora que el ordenador vuelve a estar donde debe estar, menos todavía.

—Déjalo en mis manos —dijo Charly a su inimitable manera—. Pero de todas formas si nos volvieses a ayudar, te lo agradecería.

—Si está en mi mano, encantado —contestó Miki—. ¿Qué es lo que tengo que hacer?

—¿Podrías volver a venir mañana con nosotros a ver a Santi? —le preguntó Charly—. Preferiría que tú también estuvieses. Lo mejor sería que quedásemos con él en su casa.

—A eso seguro que le podré convencer —sonrió Miki malicioso.

—¿Pero qué pretendes con ello? —le pregunté a Charly, cuando ya nos habíamos despedido de Miki y Nicole.

—Quiero convencerle de que te devuelva tu ordenador y el dinero.

—¡Eh, tío, eh! ¿Pero eso cómo va a funcionar? Ya has oído lo que ha dicho Miki.

Charly sonrió con su sonrisa detectivesca más sabia.

—Tengo un plan. No necesitáis saber nada más. El resto ya lo veréis mañana.

Una vez en casa, no me libré de las preguntas de mis padres acerca de si estaba todo arreglado y si no había habido problemas. Esta vez pude decirles, con la conciencia tranquila, que todo estaba en orden. Claro que también me preguntaron por mi viejo ordenador y mi dinero.

—Eso me lo darán mañana —dije escuetamente y, esta vez, mi conciencia, no estaba tranquila en absoluto.

Cuando encima, al quedarnos solos Rabanito y yo, éste me dijo que si Charly no hablaba de sus planes era porque o bien eran muy buenos o muy malos, pasé una noche muy inquieta.

A la mañana siguiente, en el colegio, Charly seguía sin querer hablar sobre su plan. Cuanto más le insistíamos, más terco se ponía. Y aunque me había propuesto no infravalorarle más, temía que Rabanito tuviese más razón con lo del plan malo, que con lo del bueno. Ahora sí que teníamos un caso real entre manos. Aunque, si por mí fuera, preferiría no tenerlo. Hubiera preferido mil veces el cocodrilo cibernético de la profesora Rotkehl.

De modo que, cuando nos encontramos con Miki ante la puerta del piso de Santi, seguíamos sin tener ni idea de lo que Charly pretendía.

Como si Santi nos estuviese esperando, la puerta se abrió casi al mismo tiempo que llamamos.

Sin esperar una invitación, Miki pasó por su lado al interior del piso. Yo eché una ojeada a mi alrededor. Aunque no resultaba tan acogedor como el piso de Miki, se notaba claramente, en los muebles y en todo lo que había por allí, que era más caro y lujoso. Santi debía de vivir a cuerpo de rey.

—¡A qué viene todo este rollo! —le soltó Santi a Miki—. ¿Por qué apareces aquí con estos críos?

—Ayer devolvimos el ordenador.

—Ya lo sé —sonrió Santi—. Aunque yo no estuve, me enteré esta mañana de lo que había pasado. En seguida me imaginé que habíais sido vosotros. También vi el ordenador. Hasta ahora nadie se ha dado cuenta de que hay un ordenador más. A pesar de que vuestro plan ha funcionado, sois bastante tontos.

—¿Y eso por qué? —pregunté.

—Porque ahora ya no tienes nada. Ni dinero, ni tampoco ordenador. ¿Por qué no te lo has quedado?

—Queremos que nos devuelvas su viejo ordenador —dijo Charly—. Y el dinero también lo queremos.

Santi soltó una carcajada.

—¿Que queréis qué? ¡Olvidaos de eso! ¿Por qué iba yo a hacer algo así? Hicimos un trato. Que vosotros hayáis devuelto el ordenador nuevo, no quiere decir nada.

Me preguntaba cómo había podido encontrar simpático a este tipo tan asqueroso. Quería cantarle las cuarenta, pero Charly me retuvo.

—Déjalo, Estefi. Ya me encargo yo. Bueno, lo intentaré de nuevo por las buenas. ¿Nos vas a devolver, voluntariamente, el ordenador y el dinero?

—¡Iros a tomar por saco! —exclamó Santi.

Charly metió la mano en el bolsillo interior de su chaqueta, sacó un aparatito pequeño, de color plateado y se lo puso a Santi bajo sus narices.

—¿Sabes lo que es?

—Eh, no, ¿a qué viene esto?

—Es una grabadora —dijo Charly muy sere-

no—. Mi padre siempre utiliza estos chismes. Son cómodos, por ser tan pequeñitos, y graban de maravilla. Lo tomé prestado hace unos días. Seguramente te acordarás. Estábamos en la puerta de aquel bar, hablando sobre el ordenador.

Los ojos de Santi se abrieron como platos.

—¿No habrás grabado todo?

En vez de contestar, Charly pulsó un botón de la grabadora. Al principio sólo se escuchaban arañazos, crujidos y todo tipo de ruidos de fondo. Pero después apareció la voz de Santi alta y clara: «¡Vaya mierda! Si tanto te interesa... ¡Pues sí! Lo he robado. ¿Ya estás contento?»

Charly volvió a apagar la grabadora.

—El resto también está grabado.

Santi se dejó caer hacia atrás en un sillón.

—Malditos.

Miki miró a Charly con una mirada que inmediatamente le hizo crecer un par de centímetros.

—¿Entonces, qué? —le preguntó Miki—. ¿Vas a soltar ahora el ordenador y el dinero o tenemos que llevarle la cinta a tu jefe para que la escuche?

Sin mediar palabra Santi se levantó, se fue a otra habitación y volvió con mi ordenador. Se lo dejó a Miki ante los pies. Luego cogió su cartera, sacó unos billetes y me los entregó.

—No tengo más. El resto te lo daré más adelante.

—Más te vale. La cinta la pondremos a buen recaudo. De modo que en los próximos días tendrás que ahorrar un poco. Y no te vayas a pensar que después ya no tendrás nada que temer. Si me entero de que en la tienda del Funk vuelve a pasar algo extraño, me planto allí con la cinta. ¡No lo olvides!

Antes de irnos, me giré una vez más para ver a Santi. Se había quedado encogido en su sillón. A pesar de su moreno artificial y sus ropas caras, ahora tenía un aspecto pálido, empequeñecido y miserable.

¡Aquel día, el brillante héroe se llamaba Charly!

—¡Eh, tío, eh! —exclamó Fede, mientras cargábamos mi ordenador en el coche de Nicole—. ¡Por eso es por lo que volviste a tu casa! No tenías que hacerle la compra a tu madre. ¡Fuiste a por esa grabadora!

—A ti no se te escapa nada, ¿eh? —dijo Charly sonriente.

—¿Por qué no le hemos entregado simplemente la cinta a la policía o al menos al señor Funk? —preguntó Rabanito—. Con eso ya podíamos demostrar que Santi había robado el ordenador.

—La presentación de cintas como prueba incriminatoria es algo complicado —dijo Miki—. Es muy fácil que algo salga mal. Además, creo que Santi, con todo esto, ha aprendido muy bien la lección. Seguro que a partir de ahora no vuelve a robar nada más.

—Además —dijo Charly—, Santi podría haber inculpado a Estefi, diciendo que ésta le había incitado al robo.

—¿Pero por qué? —pregunté yo—. Si delante del bar él admitió que no fue así.

Charly me miró ruborizado.

—Por desgracia eso ya no estaba en la cinta. Se me olvidó rebobinarla antes. Sólo pude grabar la confesión, después se acabó la cinta.

—Aun así, Charly, me has impresionado, de verdad —dijo Miki riéndose y dándole unas palmaditas en la espalda—. Si sigues así, puede que algún día realmente te conviertas en un buen detective.

—¿Cómo que me convierta? Si ya lo soy —contradijo Charly, modesto como es él.

De todas formas, me propuse firmemente no burlarme más de él ni de su agencia de detectives, al menos de momento, y si lo hacía, sería sólo un poquito. Sin pensarlo, hice algo que no había hecho nunca y que seguramente no volvería a hacer en mucho tiempo. Abracé a Charly y le di un fuerte beso en la mejilla.

Charly no dijo nada, pero su cara se fue pareciendo cada vez más a uno de los tomates del tío Werner. Mike, Fede y Rabanito se metieron rápidamente en el coche, posiblemente para que no nos diésemos cuenta de sus risitas.

Yo esperé un poco antes de sentarme al lado de Miki. No estaba segura de si yo también me había puesto colorada.

—Ahora tendrás que olvidarte por un tiempo de la idea de comprarte un ordenador nuevo —dijo Miki, cuando ya estaba sentada a su lado.

—No importa. Seguiré ahorrando durante más tiempo y ya está. Además, quizá pueda ahorrar más rápidamente si echo una mano en el comercio de la señora Pedel.

—¡Quién sabe, quizá pronto puedas permitirte un ordenador nuevo con los honorarios de la agencia de detectives! —dijo Charly desde el asiento trasero.

—Quizá —contesté yo.

¿Y tú qué opinas? ¿Con cuántas tabletas de chocolate me podré comprar un ordenador nuevo?